dtv
Reihe Hanser

Bei Johan ist alles in Ordnung: Er ist Torwart der Fußballmannschaft, die Schule ist okay und mit seinen Eltern versteht er sich gut. Alles klar, bis auf die Besuche von Herrn S, der sich immer wieder bei Johan meldet, um ihn zu quälen. Er ist schuld, dass Johan Spezialschuhe tragen, Medikamente nehmen und nicht mehr Fußballspielen soll. Aber Johan will nicht »behindert« sein. Erst als sich seine Freunde von ihm abwenden, begreift er, dass er seine Erkrankung akzeptieren muss.

Veronica Hazelhoff ist in ihrer niederländischen Heimat eine preisgekrönte Kinderbuchautorin. Sie wurde zweimal mit dem Silbernen Griffel und einmal mit dem Goldenen Griffel ausgezeichnet, dem bedeutendsten niederländischen Kinderbuchpreis. Insgesamt wurden neun ihrer Bücher ins Deutsche übersetzt, »Krähensommer« stand 1998 auf der Auswahlliste zum Österreichischen Kinderbuchpreis.

Veronica Hazelhoff

Besuch von Herrn S

Aus dem Niederländischen von
Bettina Bach

Deutscher Taschenbuch Verlag

Das gesamte lieferbare Programm der *Reihe Hanser*
und viele andere Informationen finden Sie unter
www.reihehanser.de

Deutsche Erstausgabe
In neuer Rechtschreibung
Juli 2009
Deutscher Taschenbuch Verlag GmbH & Co. KG,
München
© 2006 by Veronica Hazelhoff
Titel der Originalausgabe: ›Bezoek van Mister P‹
(Querido, Amsterdam 2006)
© 2009 der deutschsprachigen Ausgabe:
Carl Hanser Verlag München
Umschlagbild: Peter Schössow
Gesetzt aus der Caslon
Gesamtherstellung: Druckerei C. H. Beck, Nördlingen
Gedruckt auf säurefreiem, chlorfrei gebleichtem Papier
Printed in Germany · ISBN 978-3-423-62405-3

Für Rhea und Jenthe

1

Brennende, schmerzende Knie. Und brennende, schmerzende Fußknöchel, Ellbogen und Handgelenke.

Herr S war, ohne um Erlaubnis zu fragen, mitten in der Nacht zu Besuch gekommen, und Kuchen hatte er auch keinen mitgebracht.

Herr Schmerz kam immer öfter vorbei. Er war ein hinterhältiger Typ, der sich ungebeten in Jojos Körper einschlich.

»Hau ab«, sagte Jojo. »Kscht! Kannst du nicht mal zu jemand anders gehen?«

Du bist der andere, flüsterte Herr S. Immerzu dieses schleimige Flüstern, dieses gemeine Lachen.

»Nein«, sagte Jojo. »Heute will ich nicht und auch nicht morgen oder übermorgen.«

Simon kam Jojo zum Fußballtraining abholen. Simon war Jojos bester Freund. »Geht's?«, fragte er, als sie sich umgezogen hatten und zum Fußballfeld gingen.

»Warum sollte es nicht gehen?«, fragte Jojo.

»Weil du ein bisschen komisch gehst.«

»Ich geh überhaupt nicht komisch, ich geh ganz normal.«

»Dein Bein macht einen Schlenker, und deine Füße knicken um«, sagte Simon. »Es swingt aber.« Er tanzte vor Jojo her und sang: »Oh! Baby, Baby. Hier ist mein Freund Jo. Er ist ein Tänzer, und er geht so.« Er machte einen Schritt, schwankte dabei übertrieben. Und knickte kurz mit dem rechten Fuß um.

»So geh ich nicht«, sagte Jojo.

Tust du wohl, sagte Herr S.

»Es war nur ein Scherz«, sagte Simon. »He! Du bist mir doch nicht böse, oder?«

»Nein«, sagte Jojo. Simon war einer der wenigen, die sich so etwas erlauben durften.

Heute waren sie zu sechzehnt. Der Trainer ließ die Jungs erst ein paar Runden laufen, für ihre Kondition. Bei der letzten Runde war Jojo im Rückstand. Aber das war nicht schlimm, er war Torwart, nicht Feldspieler.

Dann sprangen sie über sechs Hindernisse hintereinander, was Jojo immer schon gehasst hatte. Doch jetzt schmerzten auch noch sein Knie und seine Fußknöchel bei jedem Sprung so sehr. Und der Trainer sah es.

»Ich nehme dich gleich fürs Torwarttraining beiseite«, sagte er.

Sie machten eine kurze Pause, und der Trainer besprach ein paar taktische Dinge für das nächste Spiel mit ihnen. Dann ließ er die anderen Jungs Pässe üben, und Jojo musste ins Tor.

Der Trainer legte die Bälle vor sich hin, und in einem immer höheren Tempo schoss er sie auf Jojo zu.

Heute ging es gut. Im Hintergrund spielten die anderen Jungs und schrien herum, und in der Zwischenzeit ballerte der Trainer zwanzig Minuten lang ein Maschinengewehrfeuer von Bällen auf Jojo ab. Dann war Jojo erledigt.

Der Trainer zog seinen Vereinsschal aus und wickelte ihn sorgsam um Jojos klatschnassen Hals. »Die meisten hast du gehalten. Trotzdem finde ich, dass du dich mühsamer bewegst als früher.«

»Samstag wird es besser gehen«, sagte Jojo.

»Hoffentlich«, sagte der Trainer. »Es dauert ja schon eine ganze Weile mit deiner Krankheit.«

»Ein Jahr und drei Monate«, sagte Jojo leise. Er hoffte nur, dass der Trainer nicht weiter darauf herumritt. Doch der sagte bloß: »Du bist ein tapferes Kerlchen. Komm, lass uns noch eine zehnminütige Partie spielen, dann war's das für heute.«

Jojo hielt die Schüsse wie ein junger Gott (zumindest war es das, was Simon quer über den Platz rief).

Niemand sah, wie sich Jojo, auf dem das Spiel nächsten Samstag wie ein riesiger grauer Block lastete, nach Hause schleppte. Sie mussten gegen die Bovo Boys antreten, doch die Boys waren eher Männer, so groß wie die waren. Es würde das letzte Spiel vor den Sommerferien sein. Wenn sie es verloren, waren sie ihren zweiten Platz auf der Rangliste los.

Doch zum Wochenende hin bekam Jojo wieder Lust auf das Spiel.

Und dass ich jetzt deinen linken kleinen Finger quäle und dass er kribbelt und heftig sticht, wird wohl niemandem verraten, was?, fragte Herr S. *Vielleicht bekommst du ja einen knallharten Schuss auf die Hände. Oder eine Schuhspitze.*

Ich habe gute Torwarthandschuhe, dachte Jojo.

Simons Eltern hatten eine Eisdiele. Im Winter verkauften sie dort warme Snacks und Eintopfgerichte.

Die Jungs fuhren immer mit dem Bus von *Eis und so* zu den Auswärtsspielen. Da passten sechs von ihnen zusammen mit Simons Vater hinein. Der Rest fuhr mit dem Trainer oder mit anderen Vätern mit. Simons Vater ließ kein Spiel aus.

Jojos Eltern kamen fast nie, um ihnen zuzuschauen. Sie hatten keine Ahnung von Fußball.

Simon fand es toll, dass Jojos Vater Bücher über Dichter schrieb.

Jojo auch, aber es wäre ihm lieber gewesen, wenn sein Vater etwas Spannendes fürs Fernsehen geschrieben hätte.

Eis, da war man wenigstens wer. Einmal, als es richtig heiß gewesen war, hatte Simons Vater die ganze Klasse zu einem Eis eingeladen. Damit konnte man sich sehen lassen. Mit toten Dichtern war es dagegen ganz schön schwer, seine Freunde zu beeindrucken, fand Jojo.

»Dafür sind dein Vater und deine Mutter immer zu Hause«, hatte Simon vor Kurzem noch gesagt.

Das stimmte. Wenn Jojo zu Simon ging, waren sie nur zu zweit. Und der Hund. Und manchmal war auch Simons älterer Bruder da. Simons Eltern kamen erst spät nach Hause. Im Sommer arbeiteten sie bis Mitternacht, und wenn das Wetter sehr schön war, sogar noch länger.

Es war ein strahlender Tag. Schönes Fußballwetter. Klar und heiter und noch nicht zu warm. Bevor Jojos Mannschaft mit dem Bus losfuhr, schauten Jojo und Simon noch eine Weile den Bambinis zu. Die taten zwar mächtig groß, aber die Hälfte von ihnen wusste noch nicht richtig, wie das Spiel eigentlich funktionierte, also kam es schon mal zu einem Eigentor. Was wiederum dazu führte, dass einer der Jungen herzzerreißend weinte.

Jojo und Simon feuerten ihre kleinen Vereinskameraden an und machten sich, als ihre Mannschaft vollzählig war, auf den Weg zu den Bovo Boys.

»Heute gewinnen wir«, sagte Simon. »Kommst du zum Abendessen zu mir? Die Eisdiele bleibt lange auf, und mein Bruder kocht für uns. Es gibt Nudeln.«

»Gern«, sagte Jojo.

Bis sie bei den Bovo Boys waren, war Jojo ein bisschen nervös. Er dachte an ihren Linksaußen. Der war so furchtbar schnell. Man brauchte nur einmal kurz mit den Augen zu zwinkern, und schon war er an einem vorbei. Aber ein bisschen Nervosität war gut, sagte der Trainer immer. Davon blieb man wachsam.

Alle Umkleideräume rochen gleich. Nach Schweiß, Schuhleder, Waschmittel und manchmal auch nach Zigarettenrauch, wenn jemand heimlich geraucht hatte.

Jojo wollte sich schnell umziehen, doch etwas war ihm im Weg: seine Finger. Allein das Lösen seiner Schnürsenkel dauerte länger als geplant, und die nagelneue Jeans war eine Katastrophe. Der Reißverschluss ging noch, aber der Metallknopf klemmte. Und der steife Stoff gab nicht nach.

Na los, vorwärts, forderte er seine Finger im Stillen auf. Macht ein bisschen mit. Doch seine Finger hatten keine Lust, sie schienen sogar noch widerspenstiger zu werden.

Sosehr Jojo auch zog und zerrte, der elende Knopf blieb zu. Aus dem Augenwinkel sah er, dass die meisten Jungen schon fertig waren. Dann eben erst das Oberteil. Die Hose würde später kommen.

Simon war als Einziger noch da, sonst war der Umkleideraum verlassen. Jojo tat so, als wäre nichts. Nur kurz die Hose ausziehen, Shorts, Stutzen und Schuhe an, und dann komme ich auf den Platz.

»Geh ruhig vor«, sagte er zu Simon.

»Wir haben noch Zeit«, sagte der.

Als wären seine Finger normale Finger, die taten, was er wollte, setzte Jojo sie wieder ans Werk.

Sie machen nicht mit, sagte Herr S. *Sie sind in den Streik getreten.*

»Was ist?«, fragte Simon.

Jojo durfte jetzt nicht weinen. Alles, nur das nicht! »Ich kriege meinen Knopf nicht auf«, sagte er leise. »Er will nicht.«

»Das ist bei mir auch immer so, wenn ich eine neue Jeans habe«, sagte Simon. Seine Hände bewegten sich auf Jojos Hosenladen zu.

Jojo trat einen Schritt zurück und versuchte es selbst noch einmal, doch er schaffte es nicht.

»Stell dich nicht so an, Mann«, sagte Simon, und da ließ Jojo ihn machen.

Sie rannten auf den Platz. Jojos Kopf war knallrot.

Das Spiel fing nicht gut an.

2

Sie spielten aggressiv. Viel aggressiver als seine eigene Mannschaft. Die Bovo Boys schossen schon in der zweiten Minute ein Tor. Einen Ball, den Jojo wirklich nicht halten konnte. Knallhart in die linke obere Ecke.

Der Stürmer grinste breit und stieß die Faust in die Luft, ehe er wieder in Richtung Mittelkreis lief.

Simons Vater und der Trainer feuerten sie laut an.

Mohammed bekam den Ball und raste an drei Bovos vorbei. Er holte gerade aus und wollte den Ball aufs Tor donnern, als er stürzte. Oder umgeschubst wurde. Der Schiedsrichter entschied sich für Letzteres, und Mohammed bekam einen Freistoß. Daneben.

Jetzt war der Ball eine Zeit lang in der gegnerischen Spielhälfte, und Jojo sah, wie seine Mannschaft sich abrackerte, doch es fiel kein Tor. Zum Glück auch nicht mehr auf seiner Seite.

Erst eine halbe Stunde später. Jojo musste

plötzlich aus dem Tor herauslaufen, als seine Verteidiger vom Stürmer in die falsche Richtung gelenkt wurden. Er machte einen falschen Schritt.

Hurra!, jubelte Herr S. *Hopp, hopp, jetzt bin ich dran!*

»Au!«, rief Jojo aus Versehen. Aber den Ball hatte er gehalten.

Kurz vor der Halbzeit griffen die Bovo Boys erneut an. Einen winzigen Augenblick standen Jojo und der Stürmer sich wie erstarrt gegenüber. Dann zischte der Stürmer: »Na, Hinkebein.« Und der Ball rauschte an Jojo vorbei ins Netz.

»Abseits!«, rief Jojos halbe Mannschaft, und der Schiedsrichter hatte es auch gesehen. Jojos Abstoß war nicht besonders gut, doch dann kehrte glücklicherweise wieder Ruhe ein.

»Ich habe nur einen falschen Schritt gemacht«, sagte Jojo zu Simon, und auf den besorgten Blick des Trainers hin zwinkerte er mit den Augen und hielt den Daumen hoch.

Der Trainer hielt ihnen eine Standpauke, von der Jojo nichts mitbekam. Er war viel zu sehr mit sich beschäftigt.

Wenn ich jetzt einfach so tue, als würde es meinen Körper nicht geben, spüre ich auch nichts.

Er nahm einen Schluck aus seiner Wasserflasche und dachte mit aller Macht *nicht* an seinen Körper.

Und dein kleiner Finger?, fragte Herr S. *Willst du da auch überhaupt nicht dran denken?*

Ich muss die zweite Halbzeit noch durchhalten.

Eigentlich tut alles weh, oder?, sagte Herr S. *Der ganze verdammte Kram. Das ist immer so. Mal spürt man es hier und dann wieder da. Und manchmal überall.*

Gar nicht wahr.

Deine Schultern auch nicht? Hat es nicht gestochen, als du den Ball abgeworfen hast? Merkst du nicht, dass es immer schlimmer wird?

Das merke ich kein bisschen.

Dann wird es gleich noch schlimmer. Muss ich mich eben mehr ins Zeug legen. Und vielleicht darfst du dann nicht mehr im Tor stehen. Da war das gemeine Lachen wieder.

Die Pause war vorbei, und Jojo ging zum neuen Tor. Nicht komisch zu gehen war heute eine ziemliche Kunst.

Die ersten zehn Minuten in einem fremden Tor sind immer lästig. Jojo musste sich an diese Pfosten und diesen Elfmeterpunkt gewöhnen.

Der Vater des Stürmers brüllte etwas in seinem Rücken. Er fand, dass Jojos Mannschaft ein einziger Haufen Weichlinge war.

Aber Simon schoss das Ausgleichstor. Als seine Mannschaft fertig war mit Jubeln, hörte Jojo den Mann noch lauter schimpfen als zuvor.

Erneut wurde sein Tor angegriffen, und Jojo konzentrierte sich auf seinen Gegner. Der Typ würde keinen Treffer landen, er würde danebenschießen. Das Hinkebein würde sein Untergang sein.

Jojo sah den Stürmer kurz zögern. Abgelenkt von seinem Vater, der rief, dass er verdammt noch mal schießen sollte. Der Stürmer seufzte kurz. Das merkte niemand außer Jojo.

Dann schoss er. Knallhart in die rechte obere Ecke sollte es werden. Doch der Ball ging ins Außennetz.

Der Stürmer griff sich an den Kopf und sank traurig zu Boden. Sein Vater rief, dass der nächste Schuss ein Treffer werden würde, doch sein Sohn reagierte überhaupt nicht darauf.

Danach wurde das Spiel langweilig. Jojo hatte nicht mehr besonders viel zu tun und der andere Torwart auch nicht. Ein Unentschieden genügte, um auf dem zweiten Platz zu bleiben, und sie konnten zufrieden nach Hause fahren.

Den Knopf seiner Jeanshose ließ Jojo einfach offen.

Erst als Jojo unter der Dusche stand (er duschte lieber zu Hause als im Verein), spürte er, wie sehr sein ganzer Körper schmerzte. Und wie er vor Müdigkeit gelähmt war.

Das gehört nun mal dazu, sagte Herr S. *Hast du dich noch immer nicht dran gewöhnt?*

Jojo klappte den Duschschemel auf und setzte sich hin. Jetzt war er froh über dieses Unding, das sie extra für ihn angeschafft hatten. Durch das warme Wasser auf seinem Rücken entspannte er sich etwas.

Wie soll es nur weitergehen?

Du könntest doch Briefmarken sammeln, sagte Herr S höhnisch.

Gegen Abend waren Jojos Gelenke geschwollen, rot und heiß.

»Ich melde dich beim Rheumatologen an«, sagte seine Mutter, als sie sah, wie schwer ihm das Gehen fiel. »Den nächsten Termin haben wir erst in zwei Monaten, das dauert mir zu lange.«

Jojo tat so, als hätte er sie nicht gehört. »Ich geh zu Simon«, sagte er und knallte die Tür hinter sich zu.

Simons Bruder Daan trug seinen Schal vom AC Mailand und eine Ajax-Kappe. Er war bei den A-Junioren und hatte am nächsten Tag selbst ein Spiel, doch jetzt würde er für die beiden Jungs etwas kochen. Er hörte sich Simons Spielbericht an, und wenn man diesem glauben durfte, hatte Jojo sich heldenhaft verhalten. »Der Stürmer war mindestens einen Kopf größer als er«, sagte Simon.

»Gut gemacht«, sagte Daan. »Und du auch, kleiner Kerl.« Er klopfte Simon auf den Rücken. »Dein achtes Tor in dieser Saison.«

Simon schaute stolz.

Ich will auch einen Bruder haben, dachte Jojo und war mit einem Mal traurig. Einen, der stolz auf mich ist und mir auf den Rücken klopft.

Das würdest du ja gar nicht aushalten, sagte Herr S. *Ich kann sowieso nicht verstehen, dass du noch immer Fußball spielst. So ein Körperbehinderter wie du gehört nicht ins Tor. Außerdem brauchst du überhaupt keinen Bruder oder einen Cousin oder wen auch immer. Du hast doch mich!*

Zum Glück verging seine Traurigkeit wieder, als sie fertig gegessen hatten und sich einen Film ansahen. Daan mit dem Hund neben sich auf dem Boden und Simon und Jojo auf dem Sofa.

Es war eine schöne Geschichte über einen Jungen, der seinen Vater suchte. Sie hatten sich noch nie gesehen, weil der Vater überhaupt nicht wusste, dass er einen Sohn hatte. Der Film hatte ein Happy End, und da hatten sie merkwürdigerweise alle plötzlich Hustenanfälle und tränende Augen.

Später brachte Daan Jojo nach Hause.

Bevor er hineinging, gab Daan ihm einen kleinen Klaps auf die Schulter. »Schlaf schön, kleiner Held. Kommst du mir morgen zuschauen?«

Von diesen Worten schlief Jojo wunderbar ein. Morgen würde er das Knopfloch seiner Jeans größer schneiden.

Um vier Uhr morgens wachte er auf. Hier lief etwas ganz und gar schief.

Die Schmerzen rasten durch seinen Körper. Einmal waren sie in seinen Armen, dann wieder in seinen Beinen. Von einer Minute zur nächsten wanderte das Elend weiter. Kaum lag er auf der linken Seite, musste er sich wieder umdrehen, weil es nicht auszuhalten war. Wenn er sich dann mühsam auf die rechte Seite gewälzt hatte, merkte er, dass auch das unerträglich war. Jojo setzte sich hin. Er fror, doch seine Arme und Beine glühten vor Hitze. Und er musste mal. Ganz dringend.

Vor einiger Zeit hatten seine Eltern gesagt, dass er sich ruhig einen Nachttopf ins Zimmer stellen konnte. Nicht für jedes Mal, wenn er auf die Toilette musste, aber für solche Nächte wie jetzt. Jojo hatte geschrien, ob sie verrückt geworden seien. Er sei keine zwei Jahre alt, und ob sie das überhaupt wüssten.

Also stand kein Nachttopf da, und Jojo musste aufstehen.

Sich erst umdrehen, dann den einen Fuß auf den Boden stellen und danach den anderen.

Du hättest dir ein Töpfchen besorgen sollen, sagte Herr S. *So ein niedliches Plastiktöpfchen mit einem Frosch oder einer Ente drauf.*

Verzieh dich! Ich muss mich konzentrieren. Wie komme ich jetzt hoch?

Als er schließlich aufstand, hätte Jojo fast vor Schmerzen geschrien.

Einen Fuß vor, dann den Rest. Was für ein weiter Weg vom Bett bis zu der Tür. Und jetzt die Tür aufmachen. Warum ließ sich der Griff nicht bewegen? Wer hatte die Tür abgeschlossen?

Mit der Tür ist alles in Ordnung, sagte Herr S. *Es liegt an dir, du Nichtskönner. Heute Nacht zeig ich dir, wo es langgeht. Wir werden ja sehen, wer hier der Chef ist.*

Jojo kam so langsam voran, dass er sich fast in die Hose gemacht hätte, bevor er auf der Toilette war.

Das Schlimmste stand ihm noch bevor: Wenn er fertig war, musste er über den Flur, der zu einer endlosen Steppe geworden war, wieder zurück.

Tararabumdideldit! Ich geh mit Jojo mit, trällerte Herr S. *Ich lass ihn nicht allein und hopp, weg ist sein linkes Bein!*

Jojo weinte, doch er durfte dabei keinen Krach machen. Erst in seinem Bett, den Kopf im Kissen vergraben, konnte er sich gehen lassen. Da gab es niemanden, der ihn hörte und die Nerven verlor oder furchtbar traurig wurde.

Sein Kopfkissen, endlich. Das Gesicht hineingraben und heulen wie eine Hyäne.

Am nächsten Morgen war es nicht viel besser, und trotz Jojos Protest wurde beschlossen, gleich einen Termin beim Rheumatologen zu machen. Das Sofa im Wohnzimmer war an diesem Tag sein Zuhause, und es war nicht dran zu denken, zu Daan zu gehen und dem Fußballspiel zuzusehen.

Draußen lebten alle ihr Sonntagsleben. Die

Leute gingen zur Kirche oder unternahmen etwas. Familienbesuche wurden gemacht, Hunde spazieren geführt.

Jojo lag auf dem Sofa. Überall Schmerzen und hundemüde.

3

Als Jojo am Montagmorgen wieder zur Schule ging, hörte er von Simon, dass Daan drei Tore geschossen hätte und dass es ein Superspiel gewesen sei. Zum Schluss war die ganze Mannschaft zu *Eis und so* gegangen, und Simon war dabei gewesen.

»Du hättest auch mitgehen dürfen«, sagte er. »Aber ...«

Der Lehrer fragte, wie es ihm ging, und Jojo sagte, dass er sich prima fühle. Seine Mutter hatte natürlich vor der Schule schon mit ihm telefoniert.

Der Lehrer warf ihm diesen Blick zu, den er manchmal hatte. Es war kein Mitleid, aber so ... so verständnisvoll. Jojo hasste es. »Wenn du dich in der Pause einen Augenblick ausruhen möchtest, musst du es sagen«, sagte der Lehrer.

Jojo ignorierte ihn.

Jojo wurde immer mehr zu jemandem, über den man redete. Für den man Dinge organisierte, bestimmte und beschloss. Zum Beispiel den Termin im Krankenhaus. Am Mittwochnachmittag, weil er dann keinen Unterricht verpasste. Dass er da oft mit seinen Freunden Fußball spielte, wurde außer Acht gelassen.

»Aber da hast du doch deinen Leseclub«, sagte er zu seiner Mutter.

»Dann gehe ich diesmal eben nicht hin. Das Buch lese ich sowieso.«

Jojo wusste, wie sehr sie diese Nachmittage liebte. Mit einer Gruppe von acht Frauen über das Buch zu reden, das sie gerade lasen.

Jetzt bin ich schuld, dass sie nicht hingehen kann, dachte Jojo.

»Soll ich mitkommen?«, fragte Simon. »Ich habe keine Lust, ohne dich zum Fußball zu gehen.«

»Nein«, sagte Jojo. »Mein Vater kommt schon mit und meine Mutter natürlich auch.«

»Weil es zusammen mehr Spaß macht, meine ich«, sagte Simon. »Dann können wir danach zu meinen Eltern Eis essen gehen.«

Darauf hatte Jojo eigentlich schon Lust, aber er kannte seinen Freund. So offen, wie Simon war, würde es nicht lange dauern, und die Sache mit dem Knopf seiner neuen Jeans wäre kein Geheimnis mehr. Jetzt hatte Jojo ohne das Wissen seiner Mutter das Knopfloch größer geschnitten. Es hatte länger gedauert, als er gedacht hatte. Dabei war es doch das Einfachste der Welt, etwas zu zerschneiden, oder? Früher kam er durch drei Schichten Pappe auf einmal, wenn es sein musste.

»Beim nächsten Mal vielleicht«, sagte Jojo zu Simon.

Fehlte nur noch, dass seine Eltern ihn an die Hand nahmen, als sie durch die Eingangshalle der Kinderklinik gingen. So waren sie das erste Mal hergekommen. Vor etwas über einem Jahr. Da hatte seine Mutter seine Hand genommen, und Jojo hatte sich losgerissen.

Wie lange blieb man ein Kind? Er sah hier Jungen, die älter waren als Daan.

Im Wartezimmer lagen noch immer dieselben Spielsachen. Es gab ein paar neue Comics und Prospekte über Rheuma. Es waren schon mehrere Kinder da, darunter sogar ein Kindergartenkind. Ein Mädchen war so alt wie er, ein Junge viel älter. Und bei allen tobte der gleiche Krieg in ihren Körpern.

Der Junge war ganz in seine Lektüre vertieft, reagierte auf gar nichts, während seine Mutter sich mit einer anderen Mutter unterhielt. Jojos Eltern teilten sich die Zeitung, die sie mitgebracht hatten. Jojo starrte auf seine Füße. Lagen diese Kinder auch manchmal nächtelang wach?

Machten sie auch solche elenden Momente wie den im Umkleideraum mit?

War es ihnen auch ab und zu völlig gleichgültig, ob sie lebten oder tot waren?

Wollten sie einfach nur weg sein und nichts mehr spüren?

Ja, ganz bestimmt, sagte Herr S. *Aber du bist am schlimmsten dran!*

Sie brauchten zum Glück nicht lange zu warten, Jojo wurde bald zu Dr. Wieland gerufen. Er ging vor seinen Eltern her zum Sprechzimmer. Vielleicht könnte er heute Nachmittag doch noch Fußball spielen?

Sofort ging alles schief. Der Arzt fragte, wie es Jojo seit dem letzten Mal, als sie sich gesehen hatten, ergangen war. Kaum sagte Jojo, es ginge schon, hörte er seine Mutter erzählen, wie *sie* fand, dass es um ihn stand.

»Ich möchte es lieber erst von ihm hören«, sagte Dr. Wieland. »Was machen die Schmerzen?«

Jojo sah Herrn S vor sich, der es sich in einem Sessel bequem gemacht hatte, mit einer Leselampe neben sich. Pantoffeln an den Füßen, die

Zeitung auf dem Schoß. *Danke der Nachfrage. Mir geht es hier ausgezeichnet, ganz hervorragend sogar. Trinken Sie ein Gläschen mit mir?*

»Jojo?« Dr. Wieland sah ihn freundlich an. »Ich habe dich gerade gefragt, was die Schmerzen machen?«

»Ganz selten«, sagte Jojo. Er hörte seinen Vater sich nachdrücklich räuspern.

Dr. Wieland sah ihn freundlich an, und Jojo sagte: »Manchmal, nach einem Spiel, dann ...« Er verstummte.

Halt den Mund!, sagte Herr S. *Solange sie nichts wissen, kann uns nichts passieren.*

»Und wie ist es mit der Müdigkeit?«, fragte Dr. Wieland.

Jojo seufzte. Wie kam er hier so schnell wie möglich weg? Durch die Lamellen der Jalousie sah er, dass die Sonne herausgekommen war.

»Es geht gar nicht gut«, sagte Jojos Mutter entrüstet. Jojo hörte, dass sie kurz davor war zu platzen.

»Stimmt es, was deine Mutter sagt?«, fragte Dr. Wieland.

»Ja.« Es war ein winzig kleines Ja, was da aus Jojos Mund kam.

Dr. Wieland nickte. »Ich würde dich gern untersuchen«, sagte er und zeigte auf den Untersuchungstisch. »Zieh dich aus, die Unterhose darfst du anlassen.«

Jojos Mutter fragte stumm, ob sie ihm helfen solle, doch Jojo warf ihr einen tödlichen Blick zu. Er sah sie auf sein mittlerweile ausgefranstes Knopfloch schauen.

Das hatte er schon öfter erlebt. Wehrlos nackt auf dem Tisch zu liegen, während er betastet und betrachtet wurde.

Den Kopf nach links drehen und dann nach rechts. Nach oben schauen und das Kinn auf die Brust legen. Linker Arm, Ellbogen und Handgelenk. Dann die Finger. Mit dem rechten Arm genau dasselbe. Der Arzt war sehr vorsichtig, aber Jojo konnte es sich trotzdem nicht verkneifen, hin und wieder zu stöhnen.

Das Becken drehen. Die Beine von oben nach unten.

Das rechte Knie. Au! Nicht berühren! Bitte nicht noch einmal fühlen.

Seine Füße. Ach, seine armen Knöchel und seine Zehen erst ...!

Stunden später, so schien es, durfte Jojo sich wieder anziehen. Er war zu erschöpft, um zu protestieren, als seine Mutter ihm half.

Dr. Wieland schrieb etwas auf und sagte dann,

dass Jojo sich noch einer Reihe anderer Untersuchungen unterziehen müsse. Blut abnehmen lassen, zum Physiotherapeuten, und er würde auch den Orthopäden anrufen.

Ein Orthopäde war für Beine und Füße zuständig, so viel wusste Jojo. »Warum soll ich da jetzt hin? Muss das alles heute sein?«

»Sonst müsst ihr wiederkommen, und dann dauert es noch mal so lange. Es ist klar, dass es dir nicht so gut geht. Das weißt du doch auch.«

Jojo gab nach. Er nickte. Er wollte nach Hause. Bloß weg von diesem herausgeputzten Gebäude, das so tat, als wäre es kein Krankenhaus.

4

Beim Physiotherapeuten kamen wieder Fragen über Jojos Wohl und Weh. Er musste seinen ganzen Tagesablauf beschreiben, vom Aufwachen bis zum Schlafengehen. Und er musste erzählen, wie seine Nächte waren. Was würde der Typ wohl für Augen machen, wenn Jojo sagte: »Na ja, da kommt Herr S oft zu mir, macht es sich neben mir gemütlich und hält mich mit seinem Gequatsche vom Schlafen ab.«

Wieder musste er sich ausziehen, er wurde noch gründlicher untersucht.

Gewogen und gemessen werden, sich beugen, sich strecken und dies und das. Erzählen, was er konnte und was nicht. Zu lügen hatte hier keinen Sinn, weil seine Eltern einen Fragebogen bekamen. Und Jojo wusste genau, wie sie den ausfüllen würden.

Zum Glück durfte er auch vom Fußball erzählen, und da war alles für einen Augenblick wieder normal. Obwohl seine Mutter es beinahe verdorben hätte, als sie fragte, ob er weiterhin im Tor stehen dürfe. »Manchmal ist er so furchtbar müde, wenn er nach Hause kommt. Dann will er uns nichts davon sagen, aber wir sehen, dass er mehr Schmerzen hat als sonst. So im Tor zu stehen ist doch gar nicht gut für ihn, oder?«

Jojo wusste, dass sie es aus Sorge um ihn fragte, aber am liebsten hätte er ihr einen Tritt verpasst. Dann würde sie mal spüren, wie viel Kraft er hatte.

Der Physiotherapeut erklärte, dass sein Spaß am Spiel sehr wichtig sei.

»Wenn es wirklich nicht mehr geht, reden wir noch mal darüber.«

Jojo konnte wieder aufatmen.

Beim Orthopäden musste Jojo seine Füße zeigen und sich wieder betasten lassen. Der Orthopäde sagte, dass es besser wäre, wenn Jojo andere Schuhe trug. Schuhe, die speziell für ihn angefertigt werden würden, genau nach Maß. Schuhe mit hohem Schaft, damit er besser gehen konnte. Und seine Füße nicht mehr umknickten.

Jojo kannte solche Schuhe. Aus einem Kilometer Entfernung konnte man sehen, dass derjenige, der sie trug, irgendetwas hatte.

Entsetzt sah Jojo den Mann an. »Aber damit mach ich mich doch total lächerlich!«

»Heute gibt es richtig schöne Schuhe«, sagte der Orthopäde. »Man sieht nicht einmal den Unterschied zu normalen.«

Na bitte, er sagte es selbst: Es gab normale Schuhe und andere.

»Nein«, sagte Jojo. »Ihr könnt es zwar wollen, aber ich mach nicht mit.«

»Das musst du selbst wissen«, sagte der Orthopäde. »Es hat keinen Sinn, dich dazu zwingen zu wollen. Dann trägst du sie sowieso nicht.«

Er schrieb etwas auf und wollte Jojo einen Zettel für den Schuster geben, doch der wandte sich ab. Da nahm sein Vater den Zettel eben.

»Vielleicht musst du dich erst an den Gedanken gewöhnen«, sagte sein Vater.

»Gut, dann höre ich von Ihnen.« Der Blick des Orthopäden besagte: Lieber schnipple ich an einem herum, als dass ich versuche, jemanden zu etwas zu überreden, was er nicht will.

Danach war das Blutabnehmen ein Klacks. Die Röhrchen füllten sich schnell, und glücklicherweise wollte man nur sein Geburtsdatum von ihm wissen.

Endlich raus aus diesem blöden Gebäude. Aber es war schon fast dunkel. Kein Fußball mehr heute, das Einzige, wogegen Jojo an diesem Tag noch treten konnte, war sein Bettpfosten.

Am nächsten Tag hörte Jojo, dass die anderen den ganzen Nachmittag gespielt hatten. Tore schießen und in Fünfermannschaften gegeneinander antreten. Danach war jemand zu Simon mitgegangen, um auf seiner Playstation zu spielen, und er war sogar zum Abendessen geblieben.

»Wer?«, fragte Jojo.

»Peter.«

»Der stand sicher auch den ganzen Nachmittag im Tor.« In der Mannschaft war Peter Jojos Konkurrent für den Torwartposten.

»Ja«, sagte Simon. »Aber er ist 'ne lahme Ente. Er hat Bälle durchgelassen, die du gehalten hättest. Wie war's im Krankenhaus?«

Jojo zuckte die Achseln. »Fünf Röhrchen Blut«, sagte er. Das machte immer was her.

»Boh!« Simon war schwer beeindruckt, und Jojo übertrieb noch etwas. Dass sie beim Blutabnehmen zweimal danebengestochen hätten und dass sein Blut überhaupt nicht aufgehört habe zu fließen.

Simon erzählte es ein paar Klassenkameraden weiter, und da rückte Jojo im Rang für bemitleidenswerte, aber sehr tapfere Kinder auf Platz zwei vor. Platz eins wurde schon seit sechs Wochen von Robbie van Duivenbode belegt, weil er eine Stahlschraube in seinem doppelt gebrochenen Bein hatte.

Jetzt begann die Nerverei mit den Spezialschuhen. Jojo blieb dabei, dass er nicht vorhabe, sich lächerlich zu machen.

Sein Vater sagte nicht viel dazu, aber seine Mutter versuchte es immer wieder. Schließlich meinte sie: »Wenn du unbedingt immer alles besser wissen willst, bitte.«

Sie wollte auch das Knopfloch seiner Jeans wieder nähen. Da musste Jojo zugeben, warum er es aufgeschnitten hatte.

»Du hättest mich doch einfach darum bitten können«, sagte seine Mutter. »Bei neuen Jeans ist der Stoff immer steif. In Zukunft mache ich es gleich richtig.«

Sie mussten wieder ins Krankenhaus. Das kurze Gespräch mit Dr. Wieland drehte sich um die Untersuchungen, die Jojo machen lassen musste. Der Arzt fragte noch kurz, ob Jojo es sich mit den Spezialschuhen überlegt hätte, aber Jojo sagte so entschieden »Nein!«, dass er es dabei bewenden ließ. »Genieß erst mal den Sommer.«

Bis die Ferien anfingen, wurden die Schuhe nicht mehr erwähnt. Vielleicht hatten seine Eltern die Dinger auch schon vergessen.

Das glaub ich nicht, sagte Herr S. *Deine Mutter ist eine richtige Wolfsmutter, wenn es um deine Krankheit geht.*

5

In der ersten Woche der Sommerferien gingen Simon und Daan in ein Fußballcamp. Jojo musste mit seinen Eltern auf eine der Wattinseln.

Am ersten Abend rief Simon ihn an, um zu erzählen, dass der Stürmer der Bovo Boys auch da sei und dass er sich nach Jojo erkundigt habe.

»Er hat gesagt, dass du als Torwart ganz schön gut bist«, sagte Simon. »Er findet es schade, dass du nicht da bist.«

»Ich auch«, sagte Jojo.

»Ohne dich macht's überhaupt keinen Spaß«, sagte Simon.

Und das war gut zu hören.

Auf der Insel übernachteten sie in dem Hotel, in dem Jojo gezeugt worden war. Weil sein Vater ein neues Buch fertig schreiben musste, hatten seine Eltern sich überlegt, dass sie wieder dorthin fahren wollten. Das war der seltsamste Grund für die Wahl eines Urlaubsorts, den Jojo je gehört hatte.

Sein Vater musste in Ruhe schreiben können, und das tat er in einem Ferienhäuschen in einiger Entfernung. Er arbeitete oft bis tief in die Nacht. Jojo brauchte seinen Schlaf, also schliefen seine Mutter und er in dem ollen gammeligen Hotel. Das Häuschen war zu feucht für Jojo, sagten sie.

Immer sagten sie so viel über ihn.

»Soll ich dir heute beim Schnürsenkelschnüren helfen?«, fragte Jojos Mutter.

»Nein.«

»Oh«, sagte sie. »Dir gefällt es hier doch auch?«

Na ja, dieses *Hier* war bisher schrecklich, fand Jojo. Zu alt, zu verstaubt, zu nix los.

»Gleich machen wir es uns am Strand gemütlich«, sagte seine Mutter jetzt. »Papa kommt auch hin und wir trinken zusammen Kaffee, ich habe ihm gesagt, dass er kommen muss. Sonst kriegt er überhaupt keine Sonne zu sehen. Dieses blöde Buch aber auch.« Doch sie lachte dabei, wie immer, weil sie mächtig stolz auf Jojos Vater war.

»Deine Karre steht schon bereit«, sagte seine Mutter.

Sie sagt immer »die Karre«, weil es so stark klingt, dachte Jojo.

»Muss das sein?«

»Nein, muss es nicht, aber du tust dir nichts Gutes, wenn du dich nicht reinsetzt. Es ist ziemlich weit. Und am Strand ist es für dich noch schwerer voranzukommen. So geht es ganz einfach.«

Sie hatte natürlich vollkommen recht. Trotzdem wollte Jojo sich noch lange nicht in den Strandrollstuhl setzen. Torwarte saßen nicht in so was.

Das Leihding war gewollt fröhlich ausstaffiert. Die großen, dicken Gummireifen waren leuchtend gelb, und jemand hatte den Rahmen orange gestrichen. Bei diesen Farben konnte er sicher sein, dass es niemanden gab, der ihn *nicht* ansehen würde. Es hätten zwei Jojos reingepasst. Als sie den Rollstuhl abgeholt hatten, setzte seine Mutter sich hinein und sein Vater schob sie.

»Was für ein Luxus«, hatte sie ausgerufen. »Als wäre ich Königin Beatrix.« Sie winkte eifrig und nickte in alle Richtungen.

Sie tat immer so übertrieben munter, wenn es um etwas Schwieriges ging. Und jetzt wollte sie ihn auch noch durch die Gegend schieben.

»Ich glaube nicht, dass wir ihn heute brauchen werden«, sagte Jojo.

»Ich schon«, sagte seine Mutter.

»Zuerst kann ich ja zu Fuß gehen«, sagte Jojo. »Dann schiebe ich ihn selbst. Du darfst dich reinsetzen.«

»Das finde ich keine gute Idee«, sagte seine Mutter. »Hast du alles mitgenommen? Und auch deine Badehose nicht vergessen?«

Dabei hatte Jojo seine Badehose extra vergessen wollen. Wenn er sie trug, sahen nämlich alle seine Knie, und die waren sehr rot und geschwollen. Jetzt, mit seiner halblangen Hose, hatte seine wachsame Wolfsmutter es nicht gesehen, und Jojo kam noch ganz gut davon.

Wen willst du denn damit hereinlegen?, fragte Herr S. *Was meinst du, wie lange du es dir verkneifen kannst zu stöhnen? Vielleicht musst du sogar weinen.*

Heute weine ich nicht.

Haha!

Sie nahmen auch einen Korb mit einer Thermoskanne voll Kaffee, Getränkedosen und etwas Brot und Obst mit. »Richtig altmodisch«, sagte Jojos Mutter. »So haben wir das früher auch immer gemacht.«

Jojo schob den Rollstuhl, und seine Mutter ging neben ihm her. Die Schweißtropfen standen ihm auf der Stirn, und seine Arme schmerzten.

Seine Ellbogen brannten. Das Meer war weiter weg, als er gedacht hatte. Und der dämliche Korb wog natürlich auch eine Tonne.

Seine Mutter legte die Hand auf den Griff und wollte ihm helfen. Jojo schob ihre Hand weg.

»Mir kannst du nichts vormachen«, sagte sie.

Inzwischen zitterte Jojo vor Müdigkeit und vor Schmerzen. Es fiel ihm immer schwerer weiterzugehen.

Weichei!, brüllte Herr S höhnisch.

Jojo schob und schob, bis er Sternchen sah.

»Sollte da nicht jemand drinsitzen?« Neben ihnen auf der Düne stand ein Mädchen. »Ist das ein Rollstuhl für Körbe? Warum setzt du dich nicht rein?«, fragte sie Jojo. Ihr scharfes S klang wie ein weiches.

»Weil ich ihn nicht brauche«, antwortete er.

»Weil er dickköpfig ist bis zum Gehtnichtmehr«, hörte er seine Mutter leise sagen.

Jojo schob den Rollstuhl weiter. Und wenn es ihn das Leben kostete, er würde das Ding bis zum Strand schieben.

Das Mädchen ging neben ihm her. »Wie heißt du, Junge hinterm Rollstuhl?«

Jojo antwortete nicht. Noch so ein nettes, munteres Mädchen, wie seine Eltern sie liebten und die er immer so ermüdend fand.

»Er heißt Johan und derzeit Jojo«, sagte seine Mutter. »Und du?«

»Lena«, sagte sie. »Und jetzt muss ich Dünenspringen gehen. Tschüss!«

»Was hat sie da gesagt?«, fragte seine Mutter.

»Dünenspringen«, sagte Jojo. »Glaub ich.«

Er hatte sich kurz ablenken lassen, doch jetzt schlug Herr S gnadenlos zu. *Da bin ich wieder! Der einzig wahre, unschlagbare Herr S. Kommen Sie und staunen Sie! Kommen Sie und spüren Sie!*

Zweimal Stöhnen später, und Jojo saß im Rollstuhl. Er setzte eine gleichgültige Miene auf: Ich weiß, dass ihr mich alle anstarrt, aber es macht mir nichts aus. Ich sitze hier, weil ich es will, und nicht, weil es sein muss. Gleich kann ich wieder raus. Hört also auf, mich so anzuschauen.

Kleine Kinder waren nicht schlimm. Denen gefiel es, auf einer Höhe mit ihm zu sein. Kleinen Kindern war man einfach ausgeliefert, und Jojo musste oft über ihr überraschtes Gesicht lachen. Ein kleines Kind durfte gern so lange schauen, wie es wollte.

»Jojo!« Da war Lenas Stimme wieder, aber jetzt weit weg und hoch oben. Er blickte zur Seite und dann hoch.

Da stand sie, ganz oben auf der Düne. Die Haare im Wind. Die Ärmel ihrer Bluse flatterten.

Dann öffnete sie die Arme. Sie stieß einen Schrei aus, der so ähnlich klang wie der einer Möwe. Sie beugte die Arme, legte sie vor die Brust, machte sich ganz klein und stürzte kopfüber. Sie kugelte hinunter und flog von rechts nach links, bis sie ganz unten war.

»Ist sie denn völlig ...«, hörte Jojo seine Mutter sagen, und dann schob sie den Rollstuhl schnell weiter, um zu sehen, wie es Lena ging.

Die lag, ganz zusammengerollt, am Fuß der Düne. Bei ihrem Sturz hatte sie so viel Gras und Sand mitgenommen, dass sie aussah, als wäre sie paniert. Ihre Augen waren geschlossen. Sie schlug sie erst auf, als Jojos Mutter sich zu ihr setzte. »Der war gut«, sagte sie zufrieden und richtete sich auf.

»Warum machst du das?«, fragte Jojos Mutter. »Das ist sehr gefährlich.«

Lena wischte den Sand ab und sagte: »Ich weiß, was ich tue.«

»Damit musst du aufhören«, sagte Jojos Mutter. Sie schob Jojo energisch auf den Strand.

Jojo schämte sich ein bisschen für seine Mutter und sagte zu Lena: »Sie hat Angst, dass du dich zu Tode stürzen könntest.«

»Tu ich nicht«, sagte Lena. »Vielleicht treffe ich dich ja ein anderes Mal wieder.«

Jojo fand, dass Lena einen sehr schönen Akzent hatte.

»Papa ist schon da!«, sagte seine Mutter freudig überrascht. Sie rief ihn, und da schaute natürlich der ganze Strand zu Jojo.

6

Sein Vater war früh aufgestanden und sehr zufrieden mit sich. »Ich komme gut voran. Wenn es so weitergeht, ist mein Buch bald fertig. Kommst du mit schwimmen, Jojo?«

»Später.« Jojo sah sich um. Wie furchtbar nackt hier alle waren. Brüste, Bäuche, Pos und viel Behaarung. Er zog seine Hosenbeine ein Stück weiter nach unten. Er hatte keine Lust aufs Meer. Nicht, dass er es nicht mochte, wenn er erst mal drinnen war. Es war der Weg dorthin.

»Ich geh aber«, sagte seine Mutter.

»Ich auch.« Sein Vater gab ihm einen Kuss. »Vielleicht hast du ja später mehr Lust.«

Jetzt sind wir allein, sagte Herr S. *Hast du dir schon mal deine Knie angesehen?*

Jojo schaute. Seine Knie sahen aus wie rote Bälle. Sie brannten vor Schmerzen. Genau wie seine Ellbogen und seine Handgelenke. Schmerzen rasten durch seinen Körper. Das kann ich gut, jubelte Herr S. *Ole! Erst steche ich dich in den*

Nacken, und dann piesacke ich deine Zehen. Mal sehen, wer gewinnt.

»Du«, sagte Jojo. »Aber geh jetzt mal wieder weg.«

Nein. Ich mach's mir hier gemütlich.

Jetzt, wo er allein war, kamen ihm einfach so die Tränen. Jojo wischte sie weg und sah sich um. Niemand beachtete ihn.

Du und ich, wir gehören zusammen, sagte Herr S.

Eine Sandwolke. Lena setzte sich ihm gegenüber hin. »Haben sie dich allein gela...«, begann sie, und dann sah sie erst auf seine Knie und danach auf den Rest. Ganz vorsichtig legte sie einen Finger auf das eine Knie und dann auf das andere. Sie erschrak. »Es fühlt sich an, als hättest du einen Ofen in den Knien. Tut es sehr weh?«

»Geht so«, sagte Jojo, weil er das immer sagte.

»Ich glaub dir nicht«, sagte Lena. »Mich darfst du nicht anlügen.«

»Herr S hasst mich«, sagte Jojo unvermittelt.

»Herr Ess?«, fragte sie.

Und zum ersten Mal in seinem Leben erzählte Jojo von Herrn S. Dem Ungeheuer, das ihm das Leben schwer machte. Und den Momenten, in denen er dachte, ihn endlich los zu sein. Aber das war nie so. Selbst mit Simon hatte er noch nie über Herrn S gesprochen.

»Was für ein gemeiner Kerl«, sagte Lena. »Geht es nie wieder vorbei?«

»Das weiß keiner.«

»Bei uns gibt es Quellen mit besonderem Wasser«, sagte Lena. »Dort würdest du sicher gesund werden. Kommst du gleich mit ins Meer?«, fragte sie dann, bevor Jojo fragen konnte, wo »dort« lag.

»Ja«, antwortete Jojo.

»Herr S bleibt hier«, sagte Lena.

»Oder wir ertränken ihn«, sagte Jojo.

Seine Eltern freuten sich, dass er ins Wasser gekommen war, und Jojo freute sich jetzt auch. Im Wasser war er leichter, und da hatte Herr S meistens das Nachsehen. Wenn Jojo sich treiben ließ, war Herr S machtlos.

Lena spritzte mit dem Wasser herum und rief: »So, Herr S, jetzt will ich dich mal untertunken!«

Zum Glück waren Jojos Eltern da schon wieder an ihren Platz zurückgegangen.

Natürlich schlug Herr S wieder zu, sobald Jojo aus dem Wasser heraus war. Doch Lena hielt seine Hand fest, um ihn zu stützen. Als hätte sie nie etwas anderes gemacht.

Lena blieb an diesem Tag bei ihnen. Sie sagte, dass niemand sich Sorgen machen würde, weil sie immer den ganzen Tag hier sei.

»Bist du hier im Urlaub?«, fragte Jojos Mutter.

Lena schüttelte den Kopf.

»Wohnst du hier?«

»Ein bisschen«, sagte sie.

»In welchem Land bist du geboren?«, fragte Jojos Mutter weiter.

»Hör doch auf, Mama«, sagte Jojo.

Später nahm sein Vater ihn kurz beiseite und fragte: »Ist das nicht zu viel für dich?«

»Nein«, sagte Jojo.

Am späten Nachmittag war Lena plötzlich weg. Sie hatte sich nicht einmal verabschiedet. Sie merkten es erst, als Jojos Mutter ihr das letzte Rosinenbrötchen geben wollte.

Doch am nächsten Morgen kam sie wieder und an dem danach auch. Jojos Mutter fand heraus, dass Lena zusammen mit ihrer Mutter in einem abgelegenen Ferienhaus wohnte. Der Hotelbesitzer meinte, sie seien illegal hier und müssten eigentlich längst wieder aus dem Land sein, aber die Leute von der Insel hätten beschlossen, so zu tun, als wüssten sie von nichts.

Lena wollte nicht darüber reden. Als Jojos Mutter fragte, ob ihre Mutter vielleicht zum Teetrinken kommen wollte, sagte sie, dass sie lieber keine fremden Leute traf. Sie murmelte etwas Unverständliches und zog dabei ein Gesicht, als müsse sie etwas Widerliches essen.

Es fühlte sich an, als wäre Lena immer schon da gewesen und als würde sie immer bleiben. Die paar Tage gab Herr S Ruhe. Ab und zu machte er einen Vorstoß, aber dann vertrieb Lena ihn entschlossen.

Einmal, als Herr S die Oberhand hatte, wollte Jojo nicht einmal aufstehen. Doch im Lauf des Tages wurde es besser, und sie machten einen langen Spaziergang am Meer. Jojo in der Karre. Alle Leute schauten.

»Blabla«, machte Lena dann und rief etwas Unverständliches, das sich wie ein ganz schlimmes Schimpfwort anhörte.

»Aber, aber, Lena!«, sagte Jojos Mutter. Doch Jojo hörte, dass sie es eigentlich witzig fand.

Sie sahen Lena nicht mehr die Dünen hinunterkugeln, aber Jojo wusste, dass sie es noch immer machte. Manchmal war Sand in ihrem Nacken oder in ihrer Kleidung.

Und Jojos Mutter sagte zu Jojo: »Wehe, du denkst auch nur darüber nach!«

7

»Wo ist Herr S heute?«, fragte Lena eines Tages. »Du stöhnst ja gar nicht so.«

»Weg«, sagte Jojo. »Bei ihm kann man nie wissen. Manchmal bleibt er für eine Weile weg, und dann kommt er plötzlich wieder.«

»So ein Hin und Her«, sagte Lena. »Nicht schön.«

»Auf der Düne ist man weit weg von allem«, sagte Lena am nächsten Tag, als Jojo ihr einen Grashalm aus den Haaren zupfte.

»Ich war noch nie oben.«

»Glaubst du, dass du hochkommen würdest?«

Jojo nickte.

»Vielleicht können wir heute Abend nach dem Essen hingehen, dann ist niemand da«, sagte Lena.

»Ja, allein«, sagte Jojo zu seiner Mutter. »Du darfst nicht mitgehen, und ich werde mich nicht verlaufen. Lena schiebt mich zum Strand. Das kann sie bestimmt.«

»Dafür ist sie viel zu klein«, wandte seine Mutter noch ein.

Jojo versprach: »Wenn es nicht geht, kommen wir gleich zurück.«

Gegen Abend kam der unerwünschte Gast. *Ich war mal eben weg, aber jetzt bin ich wieder da,* sagte Herr S.

»Ich muss auf die Düne hoch«, sagte Jojo. »Kannst du nicht noch ganz kurz wegbleiben?«

Wir werden ja sehen, sagte Herr S.

Es war ein herrlicher Sommerabend. Jojo hatte sich sogar damit abgefunden, dass er im Rollstuhl sitzen musste und Lena ihn schob. Nachmittags hatte es stark geregnet und der Muschelpfad, der zu den Dünen führte, war schön hart.

Als sie am Fuß der Düne angekommen waren, stand Jojo auf, und sie stellten den Rollstuhl an die Seite.

»Dann mach ich mich mal an den Aufstieg«, sagte er. Jetzt erst merkte er, wie hoch die Dünen in Wirklichkeit waren.

Herr S knurrte und brüllte ab und zu etwas.

Jojo ächzte und stöhnte. Er konnte es wirklich nicht unterdrücken.

»Ich bleibe hinter dir«, sagte Lena. »Falls du hinfällst.«

»Ich werde schon nicht fallen«, sagte Jojo. Er fiel auch nicht, aber es kam ein Moment, in dem er dachte: Ich Schwächling schaffe es einfach nicht.

Gib doch auf!, sagte Herr S.

»Noch ein ganz kleines Stück!«, rief Lena. »Wir sind gleich da. Ja! Du hast es geschafft.«

Herr S knurrte etwas im Hintergrund, doch Jojo fühlte sich zu allem fähig.

Von ihm unbemerkt hatte Lena ihre Hand in die seine gelegt. Nun spürte er ihre Wärme.

»Du bist der König der Dünen«, sagte sie zu ihm.

Jojo wandte sich ihr zu und sagte: »Und du die Königin.«

Ganz unvermittelt gab er ihr einen Kuss. Und sie küsste ihn zurück.

»Und jetzt werde ich die Düne hinunterrollen«, sagte Jojo.

»Nein«, sagte Lena. »Das ist nicht gut.«

»Ich will aber«, sagte Jojo und stand auf.

»Ich tue es doch selbst auch schon lange nicht mehr«, sagte Lena.

Jojo schaute hinunter. Bis nach unten war es ganz schön weit. Er durfte nicht warten, sonst würde er sich nicht mehr trauen. Er hörte die Stimmen seiner Eltern in seinem Kopf: »Ist das nicht zu viel für dich? Natürlich möchtest du überall mitmachen, aber bitte pass auf.«

Jojo hechtete los. Mit gestreckten Armen und Beinen.

Sand in den Ohren, Sand in der Nase und im Mund. Jojo schnaubte und prustete. Schmerzen spürte er am Anfang noch nicht, doch Herr S bekam einen Lachanfall.

Du musst dich klein machen, du Idiot!, lachte er. *Jetzt bist du gleich auch noch grün und blau. Erklär das mal deiner Mutter!*

Jojos Mutter gab Lena die Schuld. Sooft Jojo auch wiederholte, dass es wirklich seine eigene Idee gewesen war, es half nichts. Sie wollte Lena nie mehr sehen.

Lena schaute sehr verängstigt und verdrückte sich.

Grün und blau zu sein war nicht schlimm. Dann schauten die Leute wenigstens auf die blauen Flecken und nicht auf seine Knie und Knöchel. Aber das Fest, dass Herr S in seinem Körper veranstaltete, führte dazu, dass Jojo nicht mehr wusste, wie er sich nachts hinlegen sollte.

Zwei ganze Tage dauerte die Party von Herrn

S. Dann ging er weg, und Jojo konnte allmählich wieder anfangen, so etwas wie ein normales Leben zu führen.

Lena kam nicht wieder.

»Du hast sie vertrieben«, sagte er zu seiner Mutter.

»Sie wird schon wiederkommen«, antwortete diese.

Sie kam nicht wieder. Sein Vater sah sie einmal bei den Ferienhäusern. Doch als Lena ihn erblickte, rannte sie schnell in die entgegengesetzte Richtung davon.

»Deine Schuld«, sagte Jojo zu seiner Mutter. »Los, gehen wir sie suchen.«

Doch zwei Tage später war Lena endgültig weg. Jojo hörte es, als er zum Frühstück in den Speisesaal ging.

»In einem Kleinbus abtransportiert, verdammt noch mal!«, fluchte der Hotelbesitzer. »Als wären sie Verbrecherinnen! Und keiner weiß wohin.«

Sogar der Bürgermeister wusste nicht mehr darüber. »Illegal waren sie, das stimmt«, sagte er zu einem Reporter der Lokalzeitung. »Aber es waren *meine* Illegalen, und die hätten sie in Ruhe lassen sollen.«

Eine Menge Gerüchte machten die Runde.

Dass Lena und ihre Mutter noch in den Niederlanden seien. Dass sie in Deutschland waren, in Frankreich oder wieder zurück in ihrem eigenen Land. Eigentlich wusste niemand etwas.

Selbst Herr S kam nicht gegen Jojos Kummer an und verhielt sich merkwürdig ruhig.
 Jojo versöhnte sich mit seiner Mutter.
 »Ich würde sie wirklich gern suchen«, sagte diese. »Aber ich weiß nicht wo.«

8

Der Sommer verging. Jojo unternahm noch ein paar Dinge, die ihm Spaß machten. Mit Simon zusammen ging er zweimal ins Kino. Und als es ein paar Tage richtig heiß war, gingen sie von morgens bis abends schwimmen.

Jojo erzählte Simon von Lena. Doch er sagte nicht, wie sehr sie ihm fehlte. Konnte einem jemand so sehr fehlen, den man erst eine Woche kannte? Wo war sie, dachte sie manchmal an ihn?

Er war froh, als die Schule wieder anfing. Dann hatte er weniger Zeit zu grübeln.

Aber regelmäßig glaubte Jojo, dass er Lena irgendwo sah. Im Supermarkt oder in der Stadt oder unterwegs. Nie war sie es.

Herr S blieb da. Manchmal gewann er, und manchmal hatte Jojo die Oberhand.

Das Buch seines Vaters erschien, und er kam ins Fernsehen, um darüber zu erzählen. Die Kinder in seiner Klasse fanden es toll, doch Jojo war es ganz egal. »Du hättest einen Aufruf für Lena machen sollen«, sagte er zu seinem Vater.

Eines Abends sah sich Jojo die Jugendnachrichten an. Darin wurde eine Reportage über eine Schule im Norden der Niederlande gebracht. Die Schule war abgebrannt, und die Schüler erzählten über ihre Arbeiten, die vom Feuer zerstört worden waren.

Ein Mädchen erzählte von einer Stadt aus Pappe, die sie gemacht hatte.

»Ich werde einfach gleich wieder von vorn anfangen«, sagte sie.

Jojo erkannte den Akzent des Mädchens sofort.

»Meine Stadt ist in meinem Kopf. Alles, was ich erlebe, behalte ich da drin. Jetzt wohne ich kurz hier und morgen vielleicht wieder woanders. Doch ich werde nichts vergessen.«

Ein bisschen größer war sie geworden, und sie war nicht mehr so braun gebrannt, aber es war eindeutig Lena.

Jojo schrie nach seinen Eltern.

Sie suchten nach Telefonnummern und telefonierten eine Menge herum.

Lena hatte ihn nicht vergessen, im Gegenteil. Auch Jojos Mutter sprach mit ihr und sagte, dass sie damals vor lauter Schreck so geschimpft habe.

»Es tut mir leid«, hörte Jojo sie sagen.

Am Wochenende darauf fuhren sie in Richtung Norden. Nur Jojo und seine Eltern. Herr S blieb zur Abwechslung einmal zu Hause.

Doch Herr S quälte Jojo immer wieder mit Überraschungsangriffen. Zum Glück konnte er sich jetzt bei Lena beklagen. Am Telefon oder beim Chatten war sie immer sehr geduldig. Es war schön, dass sie einen Computer vom Rektor ihrer Schule in Appelscha bekommen hatte. Jetzt konnten sie sich ab und zu mailen. Nicht zu oft, weil Lena die Leitung ihrer Nachbarn angezapft hatte. Zwar mit deren Erlaubnis, aber Lena fürchtete, dass sie nicht mehr damit einverstanden wären, wenn sie sich zu oft bei ihnen einloggte.

Mama sagt, dass wir nicht auffallen dürfen, schrieb sie. Wenn wir jemandem zur Last fallen, sind wir gleich wieder weg.

Jojo rettete seine Mannschaft vor dem Untergang gegen den Fußballverein DTS, und nicht einmal Lena erzählte er, wie sehr seine Knie danach schmerzten.

Man könnte also sagen, dass alles ganz normal war.

Bis jemand anderes in Jojos Leben auftauchte. Onkel Bob.

»Haumich und Pflaumich sitzen auf einem Baum. Pflaumich fällt runter. Wer bleibt oben?«

Ohne nachzudenken, sagte Jojo: »Haumich.«

Ein schrecklicher Schmerz durchfuhr seine Schulter. War er wieder auf diesen alten Scherz hereingefallen. Bobs uralte Späße trieben ihn in den Wahnsinn.

»Du darfst ihm nicht noch mehr wehtun«, hörte er Mutter Wolf knurren.

Bob sagte: »Ein gesunder holländischer Junge hält so was aus.«

»Du hast mir nicht richtig zugehört. Er ist *nicht* gesund.«

An der Stimme seiner Mutter hörte Jojo, dass sie Bob am liebsten hinausgeworfen hätte. Das wollte sie wahrscheinlich schon seit seiner Ankunft.

Jojos Vater sagte immerzu: »Er ist wirklich sehr nett, man muss sich nur erst an ihn gewöhnen.«

»Der Menschenkenner spricht«, hörte Jojo seine Mutter antworten.

Bob war ein Cousin von Jojos Vater. Vor langer, langer Zeit war er nach Amerika ausgewandert, und außer zwei Exfrauen und Jojos Vater hatte er keine Familie mehr.

Er war in die Niederlande zurückgekommen

und hatte ein ziemlich großes Haus gekauft. An dem Haus musste noch alles Mögliche gemacht werden, und darum wohnte er nun schon seit einer Woche bei ihnen.

Jojo hätte Bob gern nett gefunden, und das wäre auch gegangen, wenn er nur nicht solche Späße gemacht hätte. Witze aus der Steinzeit erzählen. Jojo auf den Rücken klopfen, nett gemeinte Schubse hier und da. Bob meinte es nicht böse, aber es tat jedes Mal so weh.

Mit so jemand in der Nähe habe ich ein leichtes Spiel, fand Herr S.

Jojo schaute zu Bob. Er hatte sich eine Zigarre angezündet und versuchte nun Jojos Vater zu überreden, zusammen angeln zu gehen. »Ein ruhiger Tag auf dem Teich, wo wir früher immer waren.«

»Glaubst du, dass es da noch immer Fische gibt?«, fragte Jojos Vater. »Das Wasser ist heute schmutziger, als es früher war.«

»Ich weiß«, sagte Bob, »aber es gibt bestimmt noch Fische. Ich kümmere mich darum. Wir mieten ein Boot und nehmen den Jungen mit.«

»Kommt gar nicht infrage«, sagte Jojos Mutter. »Um ihn dann mit einen Rheumaanfall zu Hause abzuliefern, weil er nass geworden ist und gefroren hat. Gestern war er zu müde, um auch nur einen Reifen aufzupumpen. Nein, nein, morgen schläft er aus.«

»Ich will aber. Ich geh mit«, sagte Jojo.

Da wollte Jojos Vater auch. Und Jojos Mutter musste wohl oder übel nachgeben.

»Prima. Die toten Dichter können ja mal eine Weile warten«, sagte Bob.

Jojo war ganz seiner Meinung. Das letzte Buch von Jojos Vater war so gut angekommen, dass er angefangen hatte, den zweiten Teil zu schreiben. Ab und zu war er für seine Frau und seinen Sohn nicht ansprechbar, und das war ganz schön nervig.

Jojo war zwar noch immer stolz auf ihn, doch gleichzeitig fand er es schade, dass sein Vater nichts Interessanteres machte. Das beste Medikament aller Zeiten erfinden zum Beispiel. Aber dafür müsste er auch an Tieren herumschnippeln, und das würde er sich nie trauen.

An diesem Abend versuchte er Lena zu erreichen, doch es meldete sich niemand.

Vielleicht hatten sie endlich erfahren, dass sie für immer bleiben durften, und feierten gerade.

9

Am Angeltag begann Herr S Jojo schon direkt nach dem Aufstehen um fünf Uhr morgens zu quälen.

Bist du sicher, dass du eine Angel halten kannst? Und kräftig ziehen, wenn ein Fisch angebissen hat? Deine Handgelenke sind heute rot und geschwollen. Bist du nicht müde? Gestern wolltest du doch nichts anderes, als auf dem Sofa herumzuliegen.

»Hau ab!«, sagte Jojo.

Dabei will ich so gern mit zum Angeln gehen, sagte Herr S. *Du und ich ganz allein in einem Bötchen, da kann ich dich schön piksen und in den Arm oder ins Bein stechen. Heute fang ich mal mit deinem Nacken an.* Und er ging gleich zum Angriff über.

»Geht's?«, fragte Jojos Vater, als sie ins Auto stiegen.

»Klar.«

Bob reichte die Thermoskanne mit warmem Tee herum. Dann gähnte er. »Ganz schön früh, was? Wer will ein Brötchen?«

Jeder von ihnen aß ein Brötchen.

»Draußen ist es pechschwarz«, sagte Jojos Vater. »Hier haben sie ganz schön an der Beleuchtung gespart.«

»Soll ich fahren?«, fragte Bob.

»Nein, nein.«

»Es wird schon heller«, sagte Jojo.

Doch als sie in die Nähe des großen Teichs kamen, fuhren sie direkt in den Nebel hinein.

»Zum Glück regnet es nicht«, sagte Bob.

»Noch nicht«, sagte Jojos Vater. »Gibt es bei dem Verleih auch Regenanzüge? Und Nebellampen?«

»Sie haben dort alles, was man braucht«, sagte Bob.

Der Bootsverleih war in einer Blockhütte mit Überdachung untergebracht. Draußen lagen die Boote, drinnen die Angeln und wasserdichten Fischeranzüge. Südwester, Kappen und Stiefel konnte man auch mieten. Die Angeln lehnten an der Wand, und auf der Ladentheke lagen die Haken und standen die Behälter mit Ködern. Auf der Ecke des großen Ladentischs stand eine alte Kaffeemaschine.

»Hallo!«, rief Bob.

Die Tür hinten im Laden ging auf, und ein

Mann im Overall kam herein. »Morgen!« Er gähnte und stellte die Kaffeemaschine an. »Erst mal aufwachen.«

»Ich hatte angerufen«, sagte Bob. »Die Familie Franken.«

»Ach ja, zwei Erwachsene und ein Kind.«

Er betrachtete Jojo. »Wir haben keine kleinen Regenanzüge. Welche Schuhgröße hast du?«

»Ich behalte meine eigenen an«, sagte Jojo.

»Es wäre aber schade, wenn sie nass werden«, sagte der Mann. Jojo murmelte, dass sie sowieso schon alt seien. Er sah seinen Vater überlegen, ob er sich einmischen sollte, doch glücklicherweise ließ er es bleiben.

»Haben Sie eigene Köder dabei oder wollen Sie unsere haben?«, fragte der Mann.

»Ihre«, sagte Bob.

Aus dem Augenwinkel sah Jojo, dass der Mann einen kleinen Haufen toter Fische aus einem der Behälter holte und sie in Büchsen packte.

Kurze Zeit später gingen sie, mit allem ausgestattet, was man zum Angeln braucht, zum Ufer.

Die Ärmel und die Hosenbeine von Jojos Regenanzug waren mindestens dreimal umgekrempelt, und dadurch fiel es ihm noch schwerer als sonst, sich zu bewegen.

Das Boot hatte einen Außenbordmotor, und der Mann vom Verleih fragte, ob sie sich damit auskannten.

»Na klar«, sagte Bob.

»Dann lasse ich Sie machen«, sagte er. »Ich geh wieder rein, mir ist es zu kalt.«

Die Männer halfen Jojo beim Einsteigen.

Das Boot schaukelte gewaltig, und die Wasservögel gaben schrille Geräusche von sich. *Wenn das nur gut geht*, glaubte Jojo immerzu zu hören, *wenn das nur ...*

»Haben wir eigentlich einen Kompass?«, fragte Jojo.

»Wir kennen den Weg noch von früher«, sagte Bob. »Erst durch zwei Wasserstraßen und dann über den großen Teich zu unserer alten Stelle. Auf dem Wasser gibt es nämlich auch Straßen«, erklärte er Jojo.

»Wir fahren hin, angeln ein bisschen und fahren wieder zurück«, sagte Jojos Vater und ließ den Motor an.

Auf dem Teich war es schön. Eine blasse Sonne kam heraus, und Jojo sah, wie sehr sein Vater und Bob den Ausflug genossen.

»Genau wie früher«, sagte Bob.

»Ja«, sagte Jojos Vater.

»Wart ihr oft zusammen?«, fragte Jojo.

Bob sagte: »Immer in den Ferien und oft auch am Wochenende. Bei mir zu Hause hatte ich es nicht so gut. Und bei deinem Opa und deiner Oma und deinem Vater war ich immer willkommen.«

Jojo beneidete den jungen Bob und seinen Cousin. So jemanden hätte er auch gern. Jemanden, der immer für ihn da war.

Ein Bruder wäre noch besser. Aber seine Eltern hatten sich wahrscheinlich nicht getraut, noch ein Kind zu bekommen. Einen Tölpel fanden sie sicher mehr als genug, dachte er oft, wenn er besonders niedergeschlagen war.

Jojo verlagerte sein Gewicht einmal und dann noch einmal. Wie wacklig das Bötchen war!

»Vorsicht, mein Junge«, sagte Bob. »Das Wasser ist zu kalt, um zu kentern und allesamt im Wasser zu landen.«

»Geht's?«, fragte Jojos Vater, und Jojo antwortete, dass es schon ginge.

»Da ist unsere Angelstelle«, sagte Bob. »Alles ist noch genauso wie früher.«

Es war nicht weit von einer kleinen Insel entfernt. Sie würden nicht anlegen, sondern im Boot bleiben und die Angeln auswerfen.

Bob zeigte Jojo, wie man das machte, und sein Vater half ihm, den Köder an den Haken zu bekommen.

In der ersten halben Stunde passierte nichts.

In der zweiten auch nicht. Kein einziger Fisch wollte anbeißen, und Jojo war es allmählich eisig kalt. Der Tee in der Thermoskanne war noch warm, das war gut.

»Wir haben sie erschreckt, als wir angekommen sind«, sagte Bob. »Jetzt haben sie sich an uns gewöhnt und werden anbeißen.«

Jojo schaute auf das stille Wasser. Die Fische amüsierten sich natürlich prächtig. Sollen die da oben doch ruhig 'ne Runde frieren, wir spielen nicht mit ...

»Bei dir hat einer angebissen«, sagte Onkel Bob zu Jojo. »Hol die Angel ein, aber vorsichtig.«

Jojo musste sich helfen lassen, doch er fing ein kleines Fischchen.

»Jetzt zeige ich dir, wie du ihm den Haken aus dem Maul nimmst«, sagte Bob.

Jojo machte es selbst, und es war harte Arbeit für seine Finger, aber er schaffte es.

»Halt den Fisch mal hoch«, bat ihn sein Vater und kramte seinen kleinen Fotoapparat irgendwo unter seiner Kleidung hervor. Der Moment wurde verewigt: Jojos ängstliches Gesicht und das Minifischchen, das in seiner Hand um sein Leben zappelte.

»Tu ihn ruhig wieder ins Wasser«, sagte Bob. »Dann kann er zu seiner Familie zurückschwimmen. Kriegt er einen kleinen Kuss auf sein Fischmäulchen und alles ist wieder gut.«

Sehr vorsichtig ließ Jojo den Fisch wieder ins Wasser gleiten.

Das war der einzige Fang an diesem Tag. Die Fische wollten nicht beißen.

»Lasst uns nach Hause gehen«, schlug Jojos Vater vor. »Mir ist kalt, es reicht.«

»Es sieht so aus, als würde der Nebel dichter werden«, sagte Bob.

Das hatte Jojo schon lange gespürt.

»Kannst du dich noch an das eine Mal erinnern, als Els dabei war?«, fragte Bob Jojos Vater. »Da fing sie glatt einen Riesenhecht und musste dann weinen, weil sie es so schrecklich fand.«

Die unbekannte Els war Jojo sofort sympathisch. »Von ihr habe ich noch nie gehört.«

Sein Vater errötete. Jojo sah das Rot auf seinen Wangen nach oben steigen.

»Hat er dir noch nie von Els erzählt?«, fragte Onkel Bob. »Die erste große Liebe deines Vaters, und du kennst nicht einmal ihren Namen?«

»Ich war vierzehn«, sagte Jojos Vater. »Das ist ewig her.«

»Die erste große Liebe vergisst man nie«, sagte Bob. »Du hast vor ihrem Haus gewartet, um sie zu sehen. Und als sie sich dann blicken ließ, hast du ›O sole mio‹ gesungen.«

Jojo lachte. »Mein Vater kann gar nicht singen.«

»Damals schon«, sagte Bob. »Ich sehe es noch vor mir. Es war fünf Grad unter null, und er hatte eine alte Jacke von deinem Opa an, weil er seine eigene nicht finden konnte. Els fiel fast aus dem Fenster vor Lachen. Aber später hat sie mir erzählt, dass sie es eigentlich schön fand.«

Jojo hatte seine Mutter einmal sagen hören, dass sein Vater für jemanden, der Bücher über Dichter schrieb, furchtbar unromantisch sei, und jetzt fragte er sich, wann er seine romantische Ader abgelegt hatte. Erst als sein kleiner Johan krank geworden war oder schon vorher? Wahrscheinlich hing auch das wieder mit ihm zusammen. Alles drehte sich doch immer nur um seine blöde Krankheit, oder?

»Was ist los?«, fragte sein Vater. »Du guckst plötzlich so bedrückt. Hast du Angst, dass ich Els lieber mochte als deine Mutter?«

»Nein«, sagte Jojo und wandte sich von seinem Vater ab. Vor ihm lag eine große, dunkelgraue

Fläche. Das Gelb der Regenanzüge war der einzige Farbfleck weit und breit. Jojo hatte das Gefühl, in seinem ganzen Leben noch nie so gefroren zu haben. Nicht einmal, als im Winter einmal die Heizung ausgefallen war.

Er spürte die feuchte Kälte des Nebels, die ihm von Kopf bis Fuß in die Knochen kroch. Fliehen war nicht mehr drin. Er versuchte, die Methode anzuwenden, die man ihm beigebracht hatte. Ruhig atmen. Zwei Takte ein und dann langsam drei Takte aus.

Du glaubst doch nicht etwa, dass es hilft?, fragte Herr S. *Das sind so Sachen, die sie einem beibringen, wenn ihnen nichts anderes mehr einfällt.*

Jojo versuchte seine Tränen so unauffällig wie möglich wegzuwischen. Das war allerdings gar nicht nötig, weil sie sich kaum noch sehen konnten und sowieso alles nass war.

Stell dir vor, dass es trocken und warm ist und dass du mit Lena am Meer spazieren gehst. Stell dir ihre Haare vor, ihre Augen und wie sie sich von einer Düne hinunterstürzt. Wie sie Sucker sagt und Eiz, als hätte es ein weiches S.

Genau in dem Moment, als Jojo sie wirklich vor sich sah, wie sie an einem Eis leckte, wurde er von zwei Händen kräftig gepackt. Lenas Gesicht verwandelte sich in das seines Vaters: ganz dicht bei ihm und mit einem sehr verängstigten Blick.

»Sag was, Jojo!«

»Was ist?«, fragte er.

»Ich hab dich was gefragt und du hast nicht geantwortet.«

»Ich hab nachgedacht!«, sagte Jojo.

Sein Vater drückte ihn so fest an sich, wie es das wacklige Bötchen zuließ.

Bob sang ein Lied über Fischer auf dem grauen Meer. Jojo kannte das Lied auch, von seinem Großvater, und sang mit. Kurze Zeit später stimmte Jojos Vater ein, und es wurde sogar richtig lustig.

Doch die dritte Strophe ging über Tod durch Ertrinken, und da hörten sie auf zu singen.

»Wir machen einen kleinen Umweg«, sagte Jojos Vater nach einer Weile.

»Wir haben uns überhaupt nicht verfahren«, meinte Bob.

Aber er konnte Jojo nichts weismachen, es dauerte viel zu lange, bis sie wieder in die bewohnte Welt kamen.

Als sie endlich an Land gingen, sagte der Mann vom Bootsverleih, dass der Nebel völlig unerwartet gekommen sei, und fragte, ob sie ein anderes Mal wiederkommen wollten, um das Versäumte nachzuholen.

Bevor sein Vater oder Bob etwas sagen konnten, antwortete Jojo bestimmt: »Nein!«

10

Zum Glück konnte Jojo zur Schule gehen. Doch als er wieder nach Hause kam, merkte er, dass seine Mutter den Männern noch immer böse war. Sie pfefferte alles herum, was sie zwischen die Finger bekam. Zwei Tassen waren schon zu Bruch gegangen, und ein Geschirrtuch lag jetzt im Garten.

»Wir können doch nichts dafür, dass der Nebel so dicht war und dass es plötzlich so kalt wurde«, hörte er Bob zu ihr sagen.

»Jojo hat es Spaß gemacht«, sagte sein Vater.

Ja. Wirklich! Am Anfang schon, wollte Jojo sagen. Aber dann hätten sie gewusst, dass er ihnen zuhörte, und er erfuhr immer mehr über sich, wenn sie glaubten, dass er nicht in der Nähe war.

Jetzt sprachen sie davon, zu Bobs neuem Haus zu gehen.

»Ich will auch mit«, sagte Jojo, weil er das Haus noch immer nicht gesehen hatte.

Zwei Männer mit einem Blick wie kleine Jungs sahen seine Mutter fragend an.

»Dann geh ich auch mit«, sagte sie entschieden.

»Klar«, sagte Bob. »Du möchtest natürlich auch gern wissen, wann ich endlich abhaue.«

Sie wurde rot.

»Macht nichts«, grinste Bob. »Ich kann es verstehen.«

Das Haus war ganz in der Nähe, doch Bob sagte, dass sie mit seinem Auto hinfahren würden. Und darüber war Jojo ziemlich froh.

Jojo wusste schon, dass es kein kleines Haus war, was Bob umbauen ließ. Aber dass es so groß war ... Hier könnten mit Leichtigkeit zwei Familien wohnen. Hinter der Eingangstür lag ein breiter Flur. Da war eine Treppe, und sie gingen zuerst nach oben. Jojo stieg vorsichtig hoch, weil die Stufen noch im Rohbau waren und vollstanden mit Baumaterialien und allerlei Gerümpel.

Der Treppenabsatz oben war groß und hell, und man blickte von dort aus durch ein großes Fenster auf den Wald in einiger Entfernung. Es gab vier Zimmer und eine Küche. Und es gab ein Bad mit einer Dusche und einer Badewanne.

Alle Zimmer waren hell und groß.

Unten, in einem Raum mit einer Glasschiebetür

und Blick auf den Garten, waren noch Bauarbeiter zugange. Die Schiebetür führte auf eine große Terrasse, und dahinter lag der verwilderte Garten.

Auch im Erdgeschoss gab es ein Badezimmer und eine große Wohnküche. Und es gab drei weitere Räume.

»Wozu brauchst du für dich allein so viel Platz?«, fragte Jojos Mutter. Es klang ein bisschen neidisch.

»Vielleicht mache ich eine Pension auf«, sagte Bob. »Übernachtung mit Frühstück für Touristen. Sonst langweile ich mich ja nur.«

»Gute Idee! Und es geht voran«, sagte Jojos Mutter erleichtert.

»Wäre das nicht was für dich?«, fragte Bob. »Was hältst du davon, die Pension mit mir zusammen zu betreiben?«

»Ich?« Jojos Mutter schaute, als hätte Bob sie gebeten, einen Purzelbaum zu schlagen.

»Ja. Dann hättest du was zu tun.«

»Tue ich jetzt denn nichts?«, fragte sie mit beleidigter Miene.

»Es war doch nur eine Frage. Weißt du, Jojo kommt nächstes Jahr in die siebte Klasse.«

»Na und? Werde ich dann etwa nicht mehr gebraucht?«

Fast hätte Jojo gesagt: Genau, Mama!

Jojo musste aufpassen, wenn er durchs Haus ging, weil überall Baumaterial und Werkzeuge herumlagen.

Jojos Vater sah hinaus. »Ich kann es mir gut vorstellen. Hier könnten Gäste auch toll draußen essen.« Und zu Jojos Mutter sagte er: »Es würde dir bestimmt liegen. Du kannst gut organisieren. Und in die Rolle der Gastgeberin zu schlüpfen fällt dir auch leicht.«

Außer bei Bob, dachte Jojo und musste schmunzeln.

Seine Mutter sagte nur: »Jetzt reicht's mir aber. Wer hat Lust auf ein Eis und kommt mit zu *Eis und so?*«

An diesem Abend rief Lena an. Sie klang nicht so fröhlich wie sonst. »Es dauert so lange«, sagte sie. »Erst hieß es, dass wir es bald erfahren würden, und jetzt weiß keiner mehr was davon.«

»Alles wird gut«, sagte Jojo zum Trost.

»Das sagen alle. Und nie wird es gut. Wir fangen bald mit den Proben für ein Theaterstück für Weihnachten an, und ich weiß nicht mal, ob ich dann noch da bin. Und Mama will keinen Niederländischkurs machen, weil sie sagt, dass sie sowieso wieder von hier weggeschickt wird.«

Sonst war Lena nie so niedergeschlagen.

»Vielleicht dauert es so lange, weil sie wollen, dass ihr bleibt«, sagte Jojo. »Darum brauchen sie mehr Zeit. Wenn die Antwort Nein wäre, hättet ihr es längst erfahren.«

»Ja, nicht wahr?«, sagte Lena. Ihre Laune besserte sich etwas. »Dann probe ich die Rolle der Maria eben doch. Alle Mädchen wollten diese Rolle haben, aber ich habe sie bekommen.«

»Und wer spielt den Josef?«, fragte Jojo.

»Kwame.«

»Oh. Ist er nett?«

»Ja.«

Jojo konnte den unbekannten Kwame auf Anhieb nicht ausstehen.

»Na dann, viel Spaß mit ihm«, sagte Jojo.

Sie beendeten ihr Gespräch ziemlich abrupt, und Jojo stampfte gleich darauf in sein Zimmer.

Am nächsten Tag schickte Lena ihm eine Mail aus der Schule. Ich finde dich noch immer am liesbten.

Es heißt liebsten, mailte Jojo zurück. Und ich dich auch.

Ab diesem Tag flüsterte Jojo jeden Abend vor dem Schlafengehen: »Lena bleibt hier, Lena bleibt hier.«

11

Bobs Haus war fast fertig. Das erste Möbelstück, das er kaufte, war ein großes Bett.

Jojo und seine Mutter waren dabei, als es geliefert wurde.

Als das neue Bett bezogen war, sagte Bob: »Ich werde heute Nacht hier schlafen, aber vorher möchte ich duschen. Geht schon mal runter, da findet ihr einen Wasserkocher und Teebeutel.«

Jojo und seine Mutter saßen auf Werkzeugkästen und tranken Tee aus Plastikbechern.

»Warum will er jetzt schon hier schlafen?«, fragte Jojos Mutter. »Das Haus ist doch noch gar nicht fertig.«

»Was meinst du?«, antwortete Jojo. »Du vertreibst ihn mit deinen Blicken.«

Sie wurde rot.

»Eigentlich ist er ganz in Ordnung«, sagte Jojo.

Bob hatte mit seinen dämlichen Witzen aufgehört und klopfte Jojo auch nicht mehr freundschaftlich auf den Rücken. Und gestern hatte Jojo ihn zu seiner Mutter sagen hören: »Ich wünschte, ich hätte diese Schmerzen und nicht er.«

»Tja, das wollen wir alle«, hatte Jojos Mutter geantwortet. »Aber er hat sie. Als Einziger.«

Jojo sah den ersten Tropfen fallen. Und dann noch einen und noch einen und noch einen. »Es leckt!«, rief er.

»Bob!«, schrie seine Mutter, und sie rannte nach oben und rief, dass er den Wasserhahn abdrehen müsse.

Jojo sah sich um und entdeckte einen Eimer, ein paar leere Farbdosen und die Plastikbecher. Sie waren alle voll, als es endlich aufhörte zu lecken.

Oben wischten sie den Boden. Bob mit nassem Haar und nacktem Oberkörper.

»Das ist also noch nicht in Ordnung«, bemerkte er ruhig. »Wie sieht es unten aus?«

»Nass«, sagte Jojo. »Ich habe zwar eine Menge Wasser aufgefangen, aber die Zimmerdecke ist hinüber.«

»Tja, schade«, sagte Bob, »aber es gibt Schlimmeres.«

»Bis das Haus fertig ist, kannst du wirklich noch bei uns bleiben«, meinte Jojos Mutter.

»Lieb von dir«, sagte Bob.

Wieder errötete Jojos Mutter.

Lena rief an, um zu erzählen, dass sie nächsten Sonntag mit dem Direktor ihrer Schule in Appelscha und seiner Frau mitfahren konnte, die einen Familienbesuch in Jojos Nähe machten.

»Dann können wir den ganzen Tag zusammen sein. Jetzt geht es noch.«

Als Jojo nicht sofort reagierte, fragte sie leise: »Oder möchtest du mich nicht sehen?«

»Doch«, sagte Jojo. »Das ist es ja gerade.«

Einen ganzen Tag mit Lena. Er freute sich darauf.

»Ich soll euch von meiner Mutter ausrichten, dass sie eine Torte für euch backt«, sagte Lena. »Das tut sie jetzt oft, wenn jemand Geburtstag hat. Sie bekommt Geld dafür.«

»Sonntag kann ich nicht«, sagte Jojo zu Simon, als der ihn fragte, ob sie zusammen etwas unternehmen wollten. »Lena kommt.«

»Darf ich sie denn nicht sehen?« Simon war sehr neugierig auf die Dünenspringerin.

»Aber ich seh sie selbst so selten«, sagte Jojo schnell.

»Ach so.« Simon klang enttäuscht, und Jojo bekam gleich ein schlechtes Gewissen. »Vielleicht nachmittags.«

Am Samstag passierte es. Sie spielten gegen eine Mannschaft, gegen die sie letztes Jahr mit Leichtigkeit gewonnen hatten. Irgendwann trat Jojo aus dem Tor, um einen Ball zu fangen. Ein Klacks. Doch er schaffte es nicht, seine Beine wollten nicht, und er war nicht schnell genug.

In der zehnten Minute der zweiten Halbzeit wurde Jojo über den Haufen gerannt und landete hart auf dem Boden.

Volltreffer!, rief Herr S. *Das war nicht ohne, oder? Du Waschlappen!*

Jojo bekam einen Freistoß, doch kurze Zeit später fiel er hin. Der Trainer kam aufs Feld.

»Ich bin über eine lose Grasscholle gestolpert«, sagte Jojo.

Der Trainer guckte bedenklich und bedeutete dem Schiedsrichter, dass er Jojo gegen Peter auswechseln wolle.

»Nein!«, rief Jojo. »Das können Sie nicht machen!«

Aber er wurde trotzdem ausgewechselt. Jojo gab Peter sportlich die Hand, wie es sich gehörte, und wünschte ihm viel Erfolg. Dann setzte er sich übellaunig auf die Reservebank. Schließlich gewann seine Mannschaft, doch sosehr er sich auch bemühte, er konnte sich nicht darüber freuen.

»Ich kann verstehen, dass du es nicht besonders toll findest«, sagte der Trainer, nachdem fast alle gegangen waren. »Aber ein richtiger Sportler steht hinter seiner Mannschaft, selbst wenn er die ganze Saison Reservespieler ist.«

»Wollen Sie mich jetzt nicht mehr aufstellen?«, fragte Jojo.

»Ich weiß noch nicht, wer beim nächsten Mal spielt, aber wenn du auf der Reservebank sitzt, vertraue ich darauf, dass du deine Mannschaft weiterhin unterstützt. Peter hat das auch die ganze Zeit getan.«

Er hatte recht, doch Jojo wusste, dass es bei ihm etwas anderes war. Peter brauchte nicht so viel Angst zu haben wie er.

Als Jojo zu Hause erzählte, dass er ausgewechselt worden war, fand niemand es bemerkenswert.

»Du hast doch selbst immer gesagt, dass es oft vorkommt«, meinte seine Mutter.

Bob sagte, dass zu seiner Zeit manche Fußballer bei wichtigen Spielen kein einziges Mal mitmachten. »Da reisten sie den ganzen Weg nach Mexiko und hockten dann dort auf der Reservebank herum.«

Sein Vater arbeitete in seinem Zimmer, und als Jojo hereinkam, schaltete er gerade den Computer aus. »Na, schön gespielt?«

»Ich bin ausgewechselt worden«, sagte Jojo.
»Warum?«
Jojo zuckte die Achseln.
»Kannst du die Bälle nicht mehr so gut halten wie früher?«
»Peter muss auch eine Chance bekommen, sonst steht er nie im Tor.«

Lena war dünner geworden. Und sie redete schnell und viel. Über die Schule und ihre Freundinnen. Über die Nachbarskatze und den Hund, der ein Stück weiter weg wohnte. Sie sagte nichts davon, ob sie bleiben würden oder wegmüssten, und niemand fragte danach. Manchmal entstand eine merkwürdige Stille. Und dann lachte sie ein bisschen.

Sie aßen die Torte, die ihre Mutter gebacken hatte. Sie war sehr süß und schwer.
»Bei euch schmeckt alles anders«, sagte Lena. »Das ist ein Rezept von dort.«

Als Jojo mit ihr allein war, wusste er nicht recht, was er sagen sollte. Lena fingerte an ihren Haaren herum. Und sie kicherte manchmal so mädchenhaft. Jojo musste sich große Mühe geben, in diesem Mädchen die Dünenspringerin vom Sommer zu erkennen.

»Wie geht es mit den Proben?«, fragte er.

»Ein anderes Mädchen probt die Rolle der Maria auch«, sagte Lena. »Bestimmt haben sie Angst, dass ich Weihnachten nicht mehr da bin. Liegt hier Weihnachten Schnee?«

»Meistens nicht.«

»Dort, wo ich herkomme, liegt dann ganz viel Schnee«, sagte Lena. »Bergeweise.« Sie hob die Hand bis über ihren Kopf. »Mein Onkel musste manchmal kommen und uns freischaufeln, sonst hätten wir nicht aus dem Haus gekonnt.«

»Hat das nicht dein Vater gemacht?«, fragte Jojo. Er wusste nicht einmal, ob sie überhaupt einen Vater hatte, er war nie dazu gekommen, Fragen über ihre Familie zu stellen.

»Der ist tot«, sagte Lena.

»War er krank?«, fragte Jojo erschrocken.

»Erschossen.« Sie stand auf. »Sollen wir rausgehen? Mir wird es hier zu warm.«

So warm war es in seinem Zimmer gar nicht, aber jetzt wollte Jojo auch nach draußen.

Wie sollte er nach »erschossen« fragen? Er wusste es nicht und hoffte sehr, dass es ein dummer Scherz gewesen war.

12

Sie radelten zum Fußballplatz, Lena mit dem Fahrrad von Jojos Mutter. Sie kam gerade so an die Pedale. Wie Jojo es sich schon gedacht hatte, war Simon da und sah dem Spiel seines Bruders zu.

»Gleich kann ich reden«, sagte Simon zu Lena. »Jetzt muss ich mich auf meinen großen Bruder konzentrieren, damit er ein Tor schießt.« Er zeigte auf Daan, der Linksaußen spielte. Schon bald schrie Lena mit, manchmal in ihrer eigenen Sprache.

Als das Spiel zu Ende war, konnten Simon und Lena erst richtig Bekanntschaft machen. Lena wollte sehen, in was für einer Gegend Jojo wohnte, also zeigten sie ihr die Umgebung.

»Die Niederlande sind so flach, und es ist alles so ordentlich«, sagte sie. »Bei uns ist es ganz bucklig, und manchmal muss man über einen Berg drüber, um irgendwohin zu kommen. Als wir wegmussten, sind wir erst ins Gebirge, und als wir auch von dort weggegangen sind, sind wir mit dem Laster gefahren. Manchmal kann man Kilometer in eine Schlucht hinunterschauen, ohne den Grund zu sehen.«

»Kilometer?«, fragte Simon ungläubig nach.

Kurz war da wieder die Lena, wie Jojo sie kannte. »Dann eben Meter«, sagte sie und musste lachen.

Jetzt fuhren sie zum Grundstück von Backstein-Bart.

Backstein-Bart handelte mit gebrauchtem Baumaterial. Mit alten Türen und Dielenbrettern, Fliesen und natürlich mit Backsteinen. In Jojos Garten lagen Flusskiesel, die von dort kamen.

Backstein-Bart hatte irgendwann eine große, hohe Scheune gekauft, weil er dort Stockwerke einziehen und ein richtiges Geschäft machen wollte. Daraus war nie etwas geworden, und jetzt stand die Scheune leer, abgesehen von ein bisschen Gerümpel. Über eine Leiter konnte man aufs flache Dach steigen, und von dort hatte man eine gute Aussicht auf die Umgebung. Jojo und Simon hatten im Sommer ab und zu hier gesessen. Es war herrlich still da, und jetzt, am Sonntagnachmittag, erst recht.

»Von oben hat man einen schönen Blick«, sagte Simon zu Lena. »Das ist der Vorteil bei einem flachen Land, da kann man weit schauen.«

Sie stiegen einer nach dem anderen die Leiter hoch. Simon wie ein echter Sportler, Lena schnell und neugierig. Jojo vorsichtig, weil die Leiter schwankte.

Lena saß zwischen den beiden Jungen, und sie aßen Lakritze, die Simon in seiner Jackentasche gefunden hatte. Er zeigte Lena die Stellen, die ihm wichtig waren. »Der Fußballplatz. Das Schwimmbad. Die Kirche, wo meine Oma hingeht. Die Stadt.«
»Die Schule«, zeigte Jojo.
»In den Niederlanden sieht alles aus wie Spielzeug«, sagte Lena.
»Dein Land ist sicher viele Male größer.«
»Ja.«
»Weißt du schon, ob du hierbleiben darfst?«, fragte Simon.
»Nein.«
»Willst du denn hierbleiben?«
Warum ritt Simon nur immer weiter darauf herum, fragte sich Jojo.
Doch Simon machte unbeirrt weiter: »Damit du Niederländerin wirst«, sagte er.
»Meine Mutter hat Heimweh«, sagte Lena. »Der Lehrer hat gesagt, dass es so heißt. Zu mir sagt sie nur, dass sie einen leeren Bauch hat.

Und sie isst unheimlich viel. Sie wird immer dicker.«

»Und du?«, fragte Simon.

»Ich möchte meine Oma wiedersehen«, sagte sie. »Und ihre Ziegen. Und meine Cousins. Es ist jetzt schon zwei Jahre her.«

»Du darfst dir meine Oma und meinen Bruder leihen«, sagte Simon. »Aber meine Oma hat keine Ziegen, nur einen Hund.«

Lena musste lachen, und dann stand sie auf. Erst glaubte Jojo, dass sie einen besseren Blick auf die Umgebung haben wollte. Doch als sie nach unten schaute, dachte er: Sie wird doch nicht etwa ...

Unten war Sand, ursprünglich für den Bau. Doch es lagen auch Steine und Stöcke da.

»Wer traut sich?«, fragte Lena.

»Traut sich was?«, fragte Simon zurück.

»Zu springen.«

Sie schaute zu Jojo, und ihr Blick sagte: Ganz egal, was du jetzt sagst, ich werde nicht auf dich hören.

»Das hier ist keine Düne, die du hinunterrollen kannst«, sagte er. »Hier macht es gleich bums.«

»Und, wer traut sich?«, fragte sie wieder.

»Ich nicht«, sagte Simon. »Is' mir zu link.«

Jojo sagte: »Lass es doch sein.«

»Du traust dich nur nicht«, sagte sie zu Jojo. Als hätte es den Dünenkönig und die Dünenkönigin nie gegeben.

»Da unten liegen Steine und Stöcke«, sagte Jojo. »Du bist wohl verrückt.«

»Mir doch egal«, sagte Lena. »Von mir aus soll jemand anders die Maria spielen.«

Und sie sprang. Jojo sah ihre Beine einknicken, dann blieb sie still liegen.

»Dumme Ziege«, schrie er. »Dämliche, bescheuerte, blöde Kuh!« Hinter sich hörte er Simon die Leiter hinunterpoltern, doch er blieb sitzen, wo er war.

Er sah, dass Simon sich zu Lena kniete. »Sie blutet an den Händen!«, rief er zu Jojo hoch. »Wir müssen los.«

Jojo stieg absichtlich langsam die Leiter hinunter.

Er sagte nichts zu Lena, obwohl er sah, dass ihre Hände bluteten.

»Sie muss zu einem von uns auf den Gepäckträger, und der andere nimmt ihr Fahrrad«, sagte Simon. »Wir fahren zur Eisdiele, das ist am nächsten.«

»Nimm du sie hintendrauf«, sagte Jojo. »Steck sie einfach ins erstbeste Kühlfach. Du kannst sie behalten.«

Mit viel Mühe schaffte er es mit den zwei Fahrrädern bis nach Hause.
»Wo ist Lena?«, fragte seine Mutter.
»Bei Simon.«
»Und warum bist du dann hier?«
»Nur so. Ich geh hoch.«

Es dauerte noch eine Stunde, bevor er unten Simons Stimme hörte. Und Lena, die über etwas lachte, was Simon gesagt hatte. Er hörte seine Mutter Teewasser aufsetzen. Kurze Zeit später rief sie ihn. »Simons Vater hat Eis spendiert. Komm schnell, sonst schmilzt es.«

Lena hatte Pflaster an den Händen, aber sonst sah sie unverletzt aus. Sie lächelte ihm leise zu. Simon zuckte unsichtbar für Jojos Mutter die Achseln.

Jojos Mutter verteilte das Eis aus dem großen Behälter und sagte: »Zum Glück hat Simons Mutter einen Erste-Hilfe-Kurs gemacht. Was für ein Mistkerl. Konntet ihr wirklich nicht erkennen, wer es war?«

»Er hatte einen Integralhelm auf«, sagte Simon schnell. »Und er ist sofort weitergefahren.«

Jojo begriff, dass aus der hohen Scheune ein wild gewordener Mopedfahrer geworden war.

Simon ging nach Hause, und Jojo und Lena warteten, dass sie abgeholt wurde. Sie saß auf seinem Bett, er so weit wie möglich von ihr entfernt.

»Ich weiß es nicht«, sagte sie, als hätte er sie etwas gefragt. »Ich weiß nicht, warum ich es wollte. Ich wusste selber, dass die Scheune zu hoch war. Manchmal muss ich einfach springen.«

»Kannst du dir denn keine Bordsteinkante aussuchen?«, fragte Jojo. »Die ist nicht so hoch.«

»Mach ich.«

»Du könntest auch Turnerin oder Kunstspringerin werden«, sagte Jojo.

Sie schüttelte den Kopf. »Ich will später Häuser bauen. Häuser mit roten Dächern, vielen Fenstern und einem Garten drum herum.«

»Für die Ziegen«, sagte Jojo.

Sie lächelte. »Und ein Kätzchen.«

»Hühner«, sagte Jojo.

»Und Johannisbeeren«, sagte Lena. »Ich weiß, wie man Schnaps daraus macht. Der Lehrer sagt, dass es verboten ist, aber ich mache ihn trotzdem. Für die alten Leute. Weil ihre Knochen davon warm werden, sagt Oma. He! Vielleicht ist das ja was für dich? Wenn deine Knochen heiß sind, tun sie nicht so weh.«

Jojo sah sich selbst als uralten Mann, aus dem Dampf herauskam, und er musste lachen.

»Bist du mir jetzt nicht mehr böse?«, fragte Lena nach einer Weile. »Ich tu es echt nicht mehr.«

Jojos Wut war weg. Aber er glaubte ihr nicht. Ganz und gar nicht.

13

In der Schule sagte Simon nicht viel über Lena. Nur, dass er sie ziemlich seltsam fand. Und bei ihrem Verhalten diesmal konnte Jojo ihm nur recht geben.

»Sie ist nicht immer so. Diesen Sommer war sie anders.«

Lena und er mailten oder telefonierten zwar manchmal, doch Jojo musste immerzu ans Springen denken. Demnächst würde sie noch von einem Turm springen. Da wollte er dann nicht dabei sein.

Er zweifelte inzwischen daran, ob er die Geschichte mit ihrem Vater richtig gehört hatte. Vielleicht hatte sie ja gar nicht erschossen gesagt, sondern »Er ist Schlosser« oder »Der baut Schlösser«.

Jojo stand wieder im Tor. Bob wollte unbedingt zuschauen kommen, und er schleifte Jojos Eltern mit.

Erst fand Jojo es klasse, aber dann fand er es

ziemlich doof, weil sie mit zwei zu eins verloren.

War er so langsam? Er wurde furchtbar schnell müde. Sollte er vielleicht aufhören, Fußball zu spielen?

Keiner sagte etwas, doch es nagte an Jojo.

Der Trainer sagte auch nichts, aber als sie am nächsten Mittwoch trainierten, stellte er wieder Peter ins Tor.

Der Trainer will mich sicher schonen, dachte Jojo. Doch beim nächsten Spiel war Peter Torwart. Und bei den Spielen danach auch.

Jojo beklagte sich, aber der Trainer meinte: »Ich wechsle doch oft Spieler aus, um euch alle bei der Stange zu halten!«

Und Simon sagte: »Ich bin schon so oft ausgewechselt worden.«

Jojo und Simon saßen auf einer Bank beim Fußballplatz. Nicht, dass es da etwas zu tun gäbe, sie saßen dort öfter einfach herum.

»Zum Glück bist du Torwart«, sagte Simon. »Wenn du Mittelstürmer gewesen wärst, hättest du längst aufhören müssen.«

»Jetzt ist es doch auch nicht anders?«

»Für eine Weile«, sagte Simon. »Deine neue Jacke gefällt mir übrigens gut.«

»Geht so«, sagte Jojo. Aber er fand es nett, dass Simon sich bemühte, etwas Freundliches zu sagen.

Am Tag zuvor waren sie in der Stadt gewesen, weil Jojo neue Kleidung brauchte. Und seine Mutter war der Meinung gewesen, dass sie den leichten Klapprollstuhl mitnehmen sollten. Den benutzten sie an solchen Tagen. Nach großem Protest von Jojo hatte seine Mutter ihn fröhlich quer durch die ganze Stadt geschoben.

Es war die reinste Folter gewesen. Seine Mutter war heiter und positiv geblieben, während Jojo am liebsten auf dem Absatz kehrtgemacht hätte, um nie wieder einen Fuß in einen Laden zu setzen.

Er sah eine Menge Sachen, die ihm gefielen. Doch wie er in diese Sachen hinein- und wieder hinauskommen sollte, war eine andere Frage. Friemelknöpfe und rutschige Reißverschlüsse mit winzigen Schiebern. Alles für Kinder mit Händen, die nie streiken.

Seine Mutter wollte ihm ständig helfen, doch Jojo schubste sie weg. Also stand er mit hochrotem Kopf hinter den Vorhängen der Umkleidekabinen und schwitzte. Und seine Mutter steckte immerzu den Kopf herein und fragte, ob er endlich fertig sei.

Zu guter Letzt hätten sie sich gegenseitig auf den Mond schießen können, einen solchen Hass hatten sie aufeinander bekommen.

»Ich wollte eigentlich gemütlich mit dir Mittag essen gehen«, sagte Jojos Mutter. »Aber in diesem Tempo sind wir nicht mal rechtzeitig zum Abendessen fertig. Was macht es schon aus, wenn ich dir ab und zu helfe? Das findet niemand merkwürdig.«

Schließlich hatte Jojo nachgegeben, doch jedes Mal, wenn sie mit ihm zusammen in die Umkleidekabine ging, sah er sich um, ob auch niemand schaute. Und dann diskutierte sie auch noch ausführlich mit den Verkäuferinnen über Verschlüsse und darüber, wie man sie ändern konnte.

In einem Geschäft machte jemand eine Bemerkung. »Nutz es nur aus«, sagte ein Verkäufer, als er Jojo aus dem Rollstuhl aufstehen sah, weil er etwas anprobieren wollte. »Wohl ein bisschen faul heute?«

»Wir gehen wieder, Jojo«, sagte seine Wolfsmutter. »Dieser Herr ist ungezogen, und bei ungezogenen Leuten kaufen wir nicht ein.« Sie setzte Jojo wieder in den Rollstuhl und schob ihn aus dem Laden. Da hatte Jojo sie für einen Augenblick sehr lieb.

Schließlich fanden sie ein paar Hosen und eine Jacke, in die Jojo mühelos selbst hinein- und wieder herauskam. Es war nur nicht die Jacke, die er sich gewünscht hatte.

»Morgen muss ich wieder ins Krankenhaus«, sagte Jojo.
»Oh.« Simon nahm es zur Kenntnis. Er fragte nicht mehr, ob er mitgehen sollte.
»Da werden sie mich natürlich wieder mit diesen Alteleuteschuhen nerven«, sagte Jojo.
»Wenn ich mitdürfte, könnte ich ihnen erzählen, wie schnell du rennen kannst.«
»Vielleicht solltest du dann doch mitkommen.«
»Mach ich«, sagte Simon.

»Ihr braucht nicht mitzugehen. Simon kommt mit«, sagte Jojo zu seinen Eltern. Aber darauf fielen sie nicht herein. »Wenn du achtzehn bist, darfst du allein gehen, bis dahin komme ich mit«, sagte seine Mutter.
»Darf Simon trotzdem mit?«
Er durfte. Jojos Vater musste zu seinem Verleger gehen, der konnte also nicht.
»Wie wär's, wenn ihr alle mal zu mir zum Essen kommen würdet?«, schlug Bob vor. »Ich habe zwar weder Tisch noch Stühle oder Teller, die …

äh ... Könnte ich mir Geschirr von euch leihen? Eine große Decke hätte ich.«

»Gute Idee«, sagte Jojo. »Dann wird es ein richtiges Picknick.«

Seine Mutter sagte: »Ist es nicht besser, wenn wir einfach bei uns essen?«

»Ich hab Lust, zu Bob zu gehen«, sagte Jojo, und damit war es eine beschlossene Sache.

Sie glaubten wohl, dass er eher auf seine Ärzte hören würde, wenn sie ihm möglichst oft seinen Willen ließen.

Simon war beeindruckt vom Krankenhaus. Erst recht, nachdem ein kleines Mädchen ihn fast über den Haufen gefahren hätte. Mit einem Schlauch in der Nase und einem kleinen Sauerstoffbehälter hintendrauf fuhr es in einem umgebauten Kettcar durch den Gang. »Noch ein Kindergartenkind und schon so krank«, sagte er nur. Und für einen Augenblick wirkte er wie ein uralter Mann.

Dr. Wieland fragte, wie es Jojo jetzt ging. »Hast du es dir noch mal überlegt mit den neuen Schuhen?«

»Ja«, sagte Jojo. »Und ich mach es nicht.«
Seine Mutter seufzte laut.

»Ich kann noch gut gehen«, sagte Jojo.

»Er kann wirklich gut gehen«, sagte Simon. »Neulich sind wir sogar eine hohe Leiter hochgestiegen. Das konnte er auch.«

»Und das Fußballspielen?«, fragte Dr. Wieland.

Jetzt sagte niemand etwas.

»Ich ... äh ...«, antwortete Jojo.

»Er sitzt auf der Reservebank«, unterbrach ihn seine Mutter. »Sein Trainer sagt, dass er sich immer mühsamer bewegt. Und dass er manchmal vor lauter Müdigkeit fast nicht mehr kann.«

»Hat er dir das gesagt?«

Jojo sah seine Mutter erröten. »Ich habe mit ihm telefoniert.«

»Bestimmt gibt es nicht mal spezielle Fußballschuhe für jemanden wie mich«, sagte Jojo, und er hörte selbst, wie schrill seine Stimme klang.

»Das weiß ich nicht«, sagte Dr. Wieland. »Aber was es nicht gibt, kann man vielleicht machen. Ich würde dir auch gern neue Medikamente verschreiben. Zusammen mit den normalen Schmerzmitteln erzielen wir damit oft gute Ergebnisse. Aber ich muss dir der Ehrlichkeit halber sagen, dass sie nicht bei jedem anschlagen.«

Verzieh dich mit deinen Pillen, ich will hierbleiben, sagte Herr S.

»Wir können mit einer niedrigen Dosierung anfangen«, sagte Dr. Wieland. »Und es gehören noch andere Medikamente dazu, dann sind sie verträglicher. Und du musst häufiger zur Kontrolle kommen.«

»Und wenn die Medikamente richtig wirken, ist er dann nicht mehr so müde?«, fragte Simon.

»Das ist Sinn und Zweck der Sache, ja«, sagte Dr. Wieland.

»Und wenn er außerdem bessere Schuhe hat, wird alles wieder gut.« Typisch Simon.

Jetzt sah der Arzt Jojo an. »Ich hoffe, dass es dann um einiges besser geht.«

»Dann holst du dir doch andere Schuhe und nimmst neue Medikamente?«, sagte Simon zu Jojo, als wäre das so einfach.

»Ich nehme die Medikamente« war alles, was Jojo noch herausbrachte, und dann durfte er endlich weg.

14

Sobald sie draußen waren, fragte Jojos Mutter, welche Leiter er hochgestiegen sei.

Jojo und Simon versicherten ihr, dass es nur eine ganz kurze gewesen war.

Sie glaubte ihnen nicht, aber sie ließ es dabei bewenden. Auf dem Heimweg waren sie alle schweigsam. Was seiner Mutter und Simon durch den Kopf ging, wusste Jojo nicht, doch er dachte: Wenn jetzt noch einer eine Bemerkung über mich und meinen Körper macht, schlage ich um mich.

»Möchtest du dich nicht einen Moment ausruhen?«, fragte seine Mutter.

Eigentlich wollte Jojo das sehr gern.

»Dann gehe ich nach Hause«, sagte Simon.

»Du bleibst hier!«, sagte Jojos Mutter mit gespielter Strenge. »Du darfst mir beim Abwaschen von Tellern und Besteck helfen. Ich möchte heute Abend das schöne Service benutzen, und das steht schon seit einem Jahr im Schrank und staubt ein.«

»O ja, das ist meine größte Begabung«, antwortete Simon grinsend.

Herr S kam mit ins Bett, und darauf hatte Jojo diesmal überhaupt keine Lust, er wollte schlafen.
Lass mich in Ruhe.
Nein.
Aber ich bin so müde.
Na und?
Wenn ich jetzt nicht schlafe, halte ich es gleich überhaupt nicht mehr aus vor Schmerzen.
Weiß ich. Aber ich hab nun mal Lust, dich zu triezen.
Warum?
Das ist meine Spezialität. Ich bin Herr S. Der Große.
Gibt es denn auch eine Frau S?
Klar. Und ein Kind S. Mein Sohn ist mir sehr ähnlich. Der wird später bestimmt gut im Geschäft.
Ein auf Schmerzen spezialisiertes Familienunternehmen, seufzte Jojo.

Es dauerte eine Weile, bis Jojo merkte, dass jemand auf seinem Bett saß. Simon sah mit besorgter Miene zu ihm herunter. »Ich habe dich nicht wach bekommen, und da dachte ich, dass du tot bist.«

»Weißt du, wer wirklich tot ist?«, fragte Jojo.

»Der Vater von Lena«, sagte Simon. »Sie hat mir erzählt, dass er sehr krank war.«

»Und zu mir hat sie gesagt, dass ...«

»Was denn?«, fragte Simon.

»Nichts«, sagte Jojo. Na bitte, er hatte es also wirklich nicht richtig verstanden. Lenas Vater war ganz normal in seinem Bett gestorben.

An diesem Abend machten sie eine Art Picknick in Onkel Bobs Haus. Es war chaotisch da und sehr schön. Als er schlafen ging, war Jojo glücklich.

Sehr bald stellte sich heraus, dass es Jojo von den neuen Medikamenten schlecht wurde, und gegen die Übelkeit bekam er wiederum andere Tabletten. Doch mit den Schmerzen wurde es vorläufig nicht besser und mit seiner Müdigkeit auch nicht.

In der Schule stand ein Vertretungslehrer vor der Klasse. Jojo mochte ihn nicht, weil er so stinkfreundlich zu ihm war. Jojo wusste, dass sein Klassenlehrer mit der Vertretung über ihn gesprochen hatte. Natürlich würde er von allen Schülern gesprochen haben, doch zu niemandem war der Vertretungslehrer so nett wie zu Jojo.

»Dir kann man es aber auch nie recht machen«, sagte Simon, als Jojo sich darüber beklagte. »Hast du gemerkt, wie er zu Peter war?«

»Peter hat sich völlig danebenbenommen«, sagte Jojo.

»Und du bist ein oller Nörgler«, sagte Simon.

Am Telefon erzählte Lena, dass sie mit den Proben für das Krippenspiel angefangen hätten. Ihre Mutter würde ihr ein Kostüm nähen. »Wir haben Stoffreste bekommen, und sie darf sich die alte Nähmaschine der Nachbarin ausleihen. Zu Hause haben wir auch so eine. Man braucht gar keine elektrische Nähmaschine.«

»Und näht die Mutter von Kwame ein Josefskostüm?«, fragte Jojo.

»Kwame ist ohne Mutter hier«, sagte Lena. »Und ohne Vater. Er ist nur mit seinem Onkel hergekommen.«

»Oh«, sagte Jojo. Und er dachte: Ein Junge ohne Vater und ohne Mutter ist natürlich viel interessanter als ein Junge wie ich. Er seufzte.

»Ja, schlimm, nicht?«, sagte Lena. »Aber er kann trotzdem noch lachen.«

»Schön für Kwame«, sagte Jojo. »Müsst ihr oft proben?«

»Ja. Demnächst sogar jeden Nachmittag. Ich muss viel lächeln und meinen Jesus ansehen.«

»Wer spielt den Jesus?«, wäre es Jojo fast herausgerutscht. Aber das würde natürlich so ein unheimliches Puppenbaby sein, das fast wie ein echtes aussah.

Als Jojo aus der Schule kam, merkte er es gleich: Streit lag in der Luft. Es gab kein Geschrei, und es war auch niemand zu sehen, doch in der Küche flog Geschirr herum, und über seinem Kopf hörte er wütendes Fußstampfen.

Bob saß im Wohnzimmer und begrüßte Jojo aufgeweckt. »Was hältst du davon, wenn wir beide uns auf den Weg machen? Ich muss einen Tisch kaufen und könnte jemanden gebrauchen, der mir beim Aussuchen hilft.«

»Streiten sie sich wegen dir?«

Bob schüttelte den Kopf.

»Dann ist es bestimmt wegen mir«, sagte Jojo.

Bob sagte, dass sich alle hin und wieder streiten würden. »Richtig schlimm wird es erst, wenn ein Ehepaar sich nicht mehr streitet.«

»Hast du dich nie mit deinen Exfrauen gestritten?«, fragte Jojo.

»Nein. Ich habe sie sitzen lassen. Das ist nicht zu empfehlen.«

»Na dann. Ich komme mit dir mit«, sagte Jojo.

Bob hatte schon Vorarbeit geleistet, also wusste er genau, wo er hinwollte: zu einer Schreinerei, wo sie die Tische selbst entwarfen und auch selbst bauten.

Er kam erst zum zweiten Mal her, doch die Leute dort begrüßten ihn, als würden sie ihn schon seit Jahren kennen.

»Das ist Jojo, mein Großcousin«, sagte Bob.

Und er klang … stolz?

War jemand stolz auf ihn? Jojo gab allen die Hand.

»Nicht so fest zudrücken, ihr habt solche großen Hände«, sagte Bob zu den Männern.

Es gab zwei Tische, zwischen denen Bob sich nicht entscheiden konnte. Einen runden und einen ovalen.

»Ich möchte einen großen Tisch haben«, sagte Bob. »Dann kann ich schön viele Leute zum Essen einladen und einen Haufen Zeug drauflegen, wenn ich alleine bin. Welchen findest du schöner?«

Jojo zeigte auf den ovalen Tisch.

»Dann wird es der«, sagte Bob.

»Du hast mich doch gar nicht gebraucht«, meinte Jojo.

»Doch, hab ich«, sagte Bob.

Als sie nach Hause kamen, war der Streit offenbar beigelegt. Bob wollte noch kurz zu seinem Haus gehen und fragte, ob jemand mitkäme.

Schon sagte Jojo Ja. Aber seine Eltern wollten mit ihm über die Spezialschuhe reden. Also ging Bob allein.

Seine Mutter flehte Jojo geradezu an, Vernunft anzunehmen. Sie hatte schon einen Termin mit dem Schuster ausgemacht.

Jojo blieb dabei, dass er nicht daran dächte.

»Sag du doch auch mal was!«, schnauzte seine Mutter seinen Vater an. »Jetzt bin ich wieder die große böse Mutter, und dabei will ich nur, dass Jojo wieder gut gehen kann.«

»Ich kann doch gut gehen«, sagte Jojo.

»Ehrlich?«, fragte sein Vater.

Es lag an dem Ton, in dem er es sagte. Jojo schrie, dass er doch wohl selbst am besten wüsste, wie er ging. »Und solange ich sage, dass es geht, geht es. Verstanden? Und jetzt will ich nichts mehr von den Schuhen hören. Ich geh!«

Er ließ seine Eltern allein. In seinem Zimmer drehte er die Musik auf, in voller Lautstärke.

An den Tagen danach wollte Jojo nicht mehr an Spezialschuhe denken. Seine Eltern hatten sich offenbar darauf geeinigt, eine Weile nichts zu sagen. Seine Mutter warf nur ab und zu einen Blick auf Jojos Füße.

Jojos Vater arbeitete hart. Das neue Buch handelte nicht nur von toten Dichtern. Manche der Dichter lebten und waren sogar noch jung.

»Dein Vater hat früher auch Gedichte geschrieben«, sagte Bob.

»Warum hat er damit aufgehört?«, fragte Jojo, der nur schöne Nikolausgedichte von seinem Vater kannte.

»Ich weiß nicht«, sagte Bob. »Er fand seine Gedichte nicht gut genug, glaube ich. Ich fand sie alle gut. Er schickte sie mir immer, und plötzlich bekam ich keine mehr.«

Lena rief wieder einmal an. »Ich wünschte, ich wäre bei dir.«

»Ich auch«, sagte Jojo.

Er hörte Lena seufzen. »So weit weg.«

»Wie geht es mit den Proben?«, fragte Jojo.

»Gut. Nur dass Kwame sich immer verspricht. Wenn er sagen soll: ›Es ist ein Kind geboren‹, sagt er ›Wind‹.«

»Ist Kwame nicht so klug?«, fragte Jojo.

»Kwame ist noch nicht lange hier«, sagte Lena. »Kommst du Weihnachten zuschauen?«

»Ja, sicher. Wenn ich kann«, sagte Jojo.

Blöder Kwame.

»Ich hänge jetzt«, sagte Lena, und Jojo sagte, dass sie das lieber nicht tun sollte. Sie verstand nicht, was er damit meinte, und Jojo sagte, dass es ein dummer Scherz war.

»Ich finde es schön, wenn du kommst«, sagte Lena.

»Ich möchte dich wiedersehen«, antwortete Jojo.

Sie schwieg einen Moment. Dann sagte sie: »Ich träume von dir. Dass du von der Düne fliegst. Und dann werde ich auch ein Vogel.«

»Nächsten Sommer fahren wir vielleicht wieder auf die Insel«, erzählte Jojo. »Und dann kommt ihr auch.«

»Vielleicht«, sagte Lena leise.

Jojo hörte das Geräusch eines Kusses und dann nichts mehr.

Im Sommer sind sie schon lange wieder weg, sagte Herr S.

Wenn sie weg muss, reise ich ihr hinterher.

Du? Du schaffst es doch nicht mal bis Apeldoorn. Und dann musst du dich bestimmt erst wieder einen Tag aufs Sofa legen.

Lena bleibt hier! Lena bleibt hier!

Wenn sie nicht weggeschickt wird ...

15

Weihnachten rückte näher. Um diese Zeit fanden keine Fußballspiele mehr statt, also brauchte Jojo nicht auf der Reservebank zu hocken und sich zusammenzureißen.

Aber es wurde trainiert.

»Ich will nicht, dass ihr anfangt zu schwächeln«, sagte der Trainer. »Schon gar nicht, so kurz bevor ihr euch den Bauch mit Weihnachtsgebäck und Ölkrapfen vollschlagt!«

Jojo und Peter machten beide das Torwarttraining. Doch Peter trainierte länger. Jojo konnte es nicht mit ansehen, er ging weg.

»Am Tag nach Weihnachten ziehe ich in mein neues Haus«, sagte Bob. »Ich habe eure Gastfreundschaft lang genug in Anspruch genommen.«

»Warte doch noch bis zum neuen Jahr«, sagte Jojos Mutter.

Bob schüttelte den Kopf. »Danke fürs Angebot, aber ich ziehe um. Du kannst mir ja beim Einrichten helfen, wenn du willst.«

Sie lachte und sagte, das würde sie bestimmt tun. »Aber ich werde dir nicht immer helfen.«

»Habe ich das etwa gesagt?«, fragte Bob.

Jojo bekam Post. Es war eine Einladung zur Aufführung des Weihnachtsstücks mit Lena als Maria. Der Rektor der Schule hatte dazugeschrieben, dass normalerweise nur Familienmitglieder kommen dürften, Lena habe jedoch gesagt, dass Jojo jetzt auch zur Familie gehöre.

»Na so was«, hörte er seine Mutter sagen.

»Wenn sie doch nur in der Nähe wohnen würde. Bobs Haus ist groß genug.«

»Wir wissen ja nicht mal, ob sie überhaupt bleiben darf«, sagte Jojos Vater.

»Ich will aber, dass sie bleibt«, erwiderte Jojo.

»Wir auch«, sagte sein Vater.

»Wenn du wieder einmal ins Fernsehen kommst, musst du etwas darüber sagen. Deine Dichter sind sowieso schon tot.«

Jojos Vater strich ihm übers Haar. »Versprochen«, sagte er.

Als ob das helfen würde.

»Lena bleibt hier«, flüsterte Jojo jeden Abend von Neuem. »Lena bleibt hier.«

Jojo sollte mit dem Zug hin- und am nächsten Tag wieder zurückfahren.

Lena erzählte am Telefon, dass sie eine Luftmatratze geliehen bekamen und dass Jojo in ihrem Zimmer schlafen würde.

Kichernd sagte sie, dass ihre Mutter sich erst gefragt hätte, ob das wohl ginge. Doch der Rektor der Schule habe ihr versichert, dass es nicht merkwürdig sei. »Bei uns denken sie anders über solche Dinge als hier«, sagte Lena.

Jojo fragte sich, ob »hier« für Lena je »bei uns« werden würde.

Seine Mutter begleitete ihn zum Zug. Weil sie viel zu früh am Bahnhof waren, blieben sie noch eine Weile im Auto sitzen.

»Medikamente dabei?«, kontrollierte sie.

»Ja.« Erst sein Vater beim Einpacken. Dann Bob, bevor er zu seinem neuen Haus ging, und jetzt seine Mutter im Auto noch einmal. Und sonst war Herr S ja noch da. *Ich lasse dich doch nicht allein woanders übernachten, ich komme selbstverständlich mit.*

»Und bedanke dich bei Lenas Mutter für die Übernachtung und vergiss nicht, ihr die Pralinen zu geben.«

»Mama! Ich kann mir wirklich was merken!«

»Weiß ich, aber es fällt mir so schwer, mir abzugewöhnen, mich um alles zu kümmern.«

Als Jojo gerade krank geworden war und nichts anderes wollte, als keine Schmerzen mehr zu haben, war seine Mutter diejenige gewesen, die sich alles für ihn merken musste.

Die Medikamente rechtzeitig zu nehmen.

Dafür zu sorgen, dass er sich oft genug ausruhte.

In der Schule über seine Krankheit zu reden.

Allen zu erklären, dass Jojo manche Dinge ab und zu konnte und andere Male nicht.

Dass er manchmal gar nicht müde war und dann wieder völlig erschöpft.

Dass er mal hier Schmerzen hatte und dann wieder da oder auch überall.

Dass Geißfußtee nicht half.

Und Kupferarmbänder auch nichts brachten.

Und dass Kristalle am Körper zu tragen keinen Sinn hatte, es sei denn, man fand es schön.

Dass Tomaten bestimmt nicht schlecht waren für Jojo.

Immer wieder musste sie sagen, dass Jojo krank war, weil manche Menschen eben krank waren. Nicht, weil er in einem früheren Leben schlecht gewesen war. Nicht, weil er negative Gedanken hatte, die das bewirkten. Einfach nur, weil er enormes Pech hatte.

Sie sorgte auch dafür, dass Jojo weiter Fußball spielen durfte, weil er das so gern wollte.

Jojo warf seiner Mutter einen Seitenblick zu. »Ich bin ganz schön lästig, was?«

Sie schwieg einen Augenblick und strich sich mit der Hand durchs Haar. »Wieso?«, fragte sie vorsichtig.

»Weil es lästig ist, mich als Kind zu haben.«

»Manchmal finde ich es schwierig«, sagte sie.

Na bitte, wusste er es doch!

»Ich finde es schwierig, wenn ich weiß, dass etwas dir helfen würde und du es nicht haben willst.«

Da waren sie wieder: Die Spezialschuhe. Aber sie ritt nicht weiter darauf herum.

»Du kümmerst dich um alles. Warum nicht Papa?«, fragte Jojo.

Komisch, dass er in einem solchen Moment, wo sie eigentlich keine Zeit dafür hatten, Dinge fragte, die er schon lange wissen wollte.

»Dein Vater ist ... Er ... Na ja, er kann andere Dinge besser. Wir müssen los.«

»Ich geh allein«, sagte Jojo. »Du brauchst mich nicht auf den Bahnsteig zu begleiten.«

»Und ich darf dir sicher auch keinen Kuss geben, oder?«, fragte sie.

»Ausnahmsweise einen ganz kleinen«, sagte Jojo.

Sie lachte und gab ihm einen dicken Kuss.

Als er vom Auto wegging, rief seine Mutter ihm hinterher: »Es ist herrlich, dich als Kind zu haben!«

Eine Frau und ein kleines Kind setzten sich ihm gegenüber in den Zug. Die Frau begrüßte ihn, und das Kind starrte auf seine Hände.

Jojos Finger waren ein bisschen geschwollen und rot. Um das kleine Mädchen nicht allzu sehr zu erschrecken, versuchte er, sie so lieb wie möglich anzusehen. Das Mädchen zeigte auf seine Hände und fragte: »Aua?«

»Nein, nein«, sagte Jojo.

»Tut nicht weh?«, fragte sie wieder.

»Ein bisschen«, sagte Jojo dann.

Das kleine Mädchen nickte zufrieden und gab ihm dann ihren Kuschelaffen. »Streicheln«, sagte sie.

Jojo streichelte den Affen und gab ihn ihr zurück.

Die Mutter teilte Lakritze aus. Als sie ausstiegen, winkte das kleine Mädchen ihm.

Er sah Lena sofort, als er aus dem Bahnhof kam. Sie fragte ihn: »Soll ich deinen Rucksack tragen?«

»Nein, danke.«

»Ich bin so aufgeregt«, sagte sie. »Ich habe Angst, dass ich heute Abend meinen Text vergessen werde.«

»Das tust du bestimmt nicht«, sagte Jojo.

»Und sonst rede ich einfach in meiner Sprache weiter.«

»Das macht nichts«, sagte Jojo, »weil die Weihnachtsgeschichte überall dieselbe ist.«

»Nicht in Kwames Land.«

Sie durchquerten das kleine Dorf und trafen unterwegs eine Menge Leute, die Lena begrüßten. Das Sträßchen, in dem sie wohnte, war ziemlich heruntergekommen, mit einem Bürgersteig, der schief und krumm war und dessen Bodenplatten ihrem eigenen Weg folgten. Oder jedenfalls nicht dem, den man selbst gehen wollte.

Lena hatte zwar immerzu von Nachbarn gesprochen, doch die meisten Häuser waren vernagelt. Nur bei einigen konnte man erkennen, dass sie noch bewohnt waren. Sogar die Katze, die in der Nachbarschaft herumlief, war klapperdürr.

Als sie bei dem Häuschen ankamen, in dem Lena und ihre Mutter wohnen durften, sagte sie:

»Meine Mutter wollte heute Abend erst nicht mitgehen. Aber ich habe ihr gesagt, dass ich dann nicht spielen würde. Sie hat Angst, dass alle sie angucken werden, aber weil du da bist, traut sie sich jetzt doch.«

»Weil dann alle mich ansehen werden?«, fragte Jojo.

»Nein. Dir sieht man doch fast nichts an?«

»Genau. *Fast* nichts«, sagte Jojo. Und er musste an das kleine Mädchen im Zug denken, das sofort auf seine Hände geschaut hatte, außerdem wusste er selbst, dass das Gehen ihm immer schwerer fiel.

»Ich finde dich schön«, sagte Lena und öffnete die Tür.

Jojo war ein Mal hier gewesen, doch vor lauter Aufregung, Lena nach so langer Zeit wiederzusehen, hatte er sich damals nicht richtig umgeschaut. Jetzt sah er, wie klein das Häuschen war. Ein winziger Wohnraum, in den gerade mal ein Tisch und ein paar Stühle und ein kleiner Fernseher passten. Auf der einen Seite eine Tür und auf der gegenüberliegenden Seite des Raums eine zweiflüglige Terrassentür, die ganz verwittert war. Sie führte auf eine Treppe. Direkt dahinter war eine hohe Mauer zu sehen, hinter der ein halb abgebrochener Fabrikschornstein aufragte.

»Meine Mutter schläft nach hinten hinaus«, sagte Lena.

»In der Küche?«

»Hinter der Küche ist ein kleines Schlafzimmer eingerichtet worden«, sagte Lena. »Mein Zimmer ist oben. Aber es wird abgerissen. Das ganze Haus muss weg.«

»Wo sollt ihr dann hingehen?«, fragte Jojo.

Lena tat so, als würde sie etwas in die Luft werfen. »Dorthin.«

»Aber das geht doch nicht?«

»Doch, weil es uns in diesem Land eigentlich nicht gibt.«

»Wann wird das Haus abgerissen?«

»In einer Weile. Ich will jetzt nicht darüber reden.«

Jojo hörte jemanden hinter sich und drehte sich um. Lenas Mutter hatte er auch nur ein Mal gesehen, aber er war sicher, dass sie damals nicht so dick gewesen war wie jetzt. Ihr freundliches Gesicht war rund, und sie hatte mindestens ein Dreifachkinn. Sie hatte Wurstfinger, und unter ihrer weiten Kleidung musste ein sehr dicker Körper stecken.

Sie lächelte ihm zu und drückte ihm einen Kuss auf die Stirn. Jojo roch den Duft von Seife, Vanille und Schokolade.

Jojo gab ihr die Pralinen. Sie tranken Tee und aßen selbst gebackenen Kuchen mit Vanille- und Schokoladengeschmack. Lenas Mutter zeigte auf den Kuchen. »Lecker?«

»Sehr lecker«, sagte Jojo.

Es war das erste niederländische Wort, das Jojo sie sagen hörte.

»Das hat sie sicher aus dem Fernsehen«, sagte Lena lachend.

Lena sagte etwas Witziges in ihrer merkwürdigen Sprache. Ihre Mutter lachte, und jetzt erkannte Jojo, dass Lena ihrer Mutter ähnelte. Unter all dem Fett steckte auch eine Lena.

Lena sagte, dass sie nach dem Kuchen nichts mehr herunterbekam und erst nach dem Theaterstück essen wollte. Das hatte sie auch schon mit ihrer Mutter besprochen. »Wir machen erst das Bett zurecht, und dann muss ich zu meiner Schule gehen. Das findest du nicht schlimm, oder?«

Jojo sagte, dass es in Ordnung sei. Er wusste nur nicht, wie er sich mit ihrer Mutter unterhalten sollte.

Lenas Zimmerchen war eher eine Art Verschlag. Aber es war frisch gestrichen. Die eine Wand war rosa und die anderen hellgelb.

»Die Nachbarn hatten noch ein bisschen Far-

be übrig, und die durfte ich haben«, erklärte sie.
»Es ist ein bisschen mädchenhaft, oder?«
»Du bist doch auch ein Mädchen?«, sagte Jojo.
»Aber nicht so ein rosa Mädchen«, lachte Lena.

Sie legten einen Schlafsack, den sie von anderen Nachbarn ausgeliehen hatten, auf die Luftmatratze und gingen wieder hinunter.
»Dann geh ich mal los«, sagte Lena. »Frau de Bruin kommt euch abholen.«
Sie guckte noch einmal zu ihrer Mutter. Die saß mit der geöffneten Pralinenschachtel vor sich am Tisch. Jojo setzte sich ihr gegenüber hin.
Lenas Mutter schob Jojo die Schachtel zu, und er suchte sich eine Praline aus. Sie auch. Danach aßen sie eine zweite und eine dritte Praline. Dann schlug Lenas Mutter die Hand vor den Mund und kicherte. Jojo lachte mit.
Lenas Mutter stand auf und ging aus dem Raum. Kurze Zeit später kam sie wieder und legte ein dickes Buch vor Jojo. Das Buch hatte einen schönen geblümten Einband, und als Lenas Mutter sich neben ihn setzte und es aufschlug, erkannte er, dass es ein Fotoalbum war.

16

Erst zeigte sie ihm Fotos einer jungen Frau, die große Ähnlichkeit mit Lena hatte. Lenas Mutter legte die Hand an die Brust. Also war sie das. Dann Fotos von einem gut gelaunten Mann. Und ein Hochzeitsfoto mit einer großen Familie drum herum.

Ein Baum voller Blüten und darunter ein Tisch mit Speisen, an dem Leute saßen. Hunde und Katzen, die darauf warteten, ein Häppchen abzubekommen. Kinder, die im Gras spielten.

Lenas Mutter zeigte ihm die Leute und nannte ihre Namen. Eine alte Frau hieß Lena, und es gab einen Karoli. Eine Eva und eine Mascha. Bei der alten Lena machte Lenas Mutter eine wiegende Geste und zeigte auf sich. Es war ihre Mutter. Ob es wohl die Oma mit den Ziegen war?

Ein Foto von Lenas Mutter mit einem runden Babybauch.

Dann die Fotos der kleinen Lena. Jojo sah sie heranwachsen. Und seiner Lena immer ähnlicher werden. Manchmal war sie mit anderen Kindern zusammen, oft mit ihrem Vater und ihrer Mutter. Genau wie er hatte Lena nie einen Bruder oder eine Schwester bekommen.

Und jedes Jahr gab es dieses Fest unter dem Blütenbaum. Jojo sah die Menschen älter werden, und manchmal kehrte einer von ihnen nicht wieder. Katzen und Hunde wechselten die Farbe und die Rasse.

Wieder ein Fest mit denselben Menschen, doch diesmal schauten sie anders. Es wurde nicht viel direkt in die Kamera geguckt, manche schauten daran vorbei. Als würden sie etwas ganz anderes neben dem Fotografen sehen. Andere blickten zu Boden.

Auf einem Foto saß Lena neben ihrem Vater, ihre Hand auf der seinen. Und er schaute zu ihr hinunter.

Als Jojo weiterblätterte, merkte er gleich, dass es das letzte Foto war, danach kam nichts mehr.

Lenas Mutter weinte. Ganz leise, fast geräuschlos.

Jojo tat das Einzige, was ihm einfiel: Er stand auf und legte den Arm um sie. Und nach einer Weile holte sie ein Taschentuch aus ihrem Ärmel und schnäuzte sich. Als sie zu ihm hochschaute, lächelte sie.

Jojo setzte sich wieder hin, und dann aßen sie noch eine Praline. Das Album lag auf dem Tisch, und Jojo zählte die Blumen auf dem Umschlag. Er war bei dreizehn, als es klingelte.

»Es ist nicht weit«, sagte die Frau, die sie abholen kam. Sie hakte sich bei Lenas Mutter unter, und die beiden Frauen gingen vor Jojo her.

Herr S ging auch mit. Jojo stolperte über eine der schiefen Gehsteigplatten und fiel fast hin.

»Alles in Ordnung da hinten?«, rief die Frau.

»Ja, ja«, sagte Jojo und wich einer weiteren schiefen Gehsteigplatte aus.

Es war aber auch so dunkel hier, die meisten Straßenlaternen waren kaputt.

Dann kamen sie in eine ganz andere Gegend. Dort verbreiteten die Straßenlaternen viel Licht, und die Bürgersteige waren eben. Die Häuser waren größer und nicht so heruntergekommen. Jojo blieb einen Augenblick stehen und drehte sich um. Plötzlich hatte er großes Mitleid mit dem alten Viertel.

Es waren schon viele Leute in der schön geschmückten Sporthalle, und Lenas Mutter wurde auf einmal verlegen. Jojo fühlte sich auch nicht besonders sicher, darum reichte er ihr den Arm.

So schoben sie sich zusammen durch den Saal nach vorn.

Ihre Plätze waren in der Nähe der kleinen Bühne in der ersten Reihe. Als sie sich an den sitzenden Menschen vorbeizwängten, wurde freundlich genickt. Dennoch war Jojo froh, als sie schließlich auf ihren Stühlen saßen und der Schuldirektor sich vor die geschlossenen Vorhänge stellte und um Ruhe bat.

Er hielt eine kurze Ansprache. Über Frieden und Wohlgefallen und darüber, wie groß die Welt war und welchen Platz die kleine Schule darin einnahm. Jojo hörte nicht alles, weil er allmählich irrsinnig nervös wurde für Lena und sich fragte, wie es ihr wohl ergehen würde.

Dann wurde das Licht gedimmt, und der Vorhang ging auf.

Zwei Gestalten gingen über die Bühne. Lena trug ein weißes Kleid und hatte einen blauen Schal um den Kopf.

»Ich bin so müde, Josef«, sagte Maria, und Josef stützte sie ab. Mehr als nötig, fand Jojo.

Kwame war ein hoch aufgeschossener, tiefschwarzer Junge. Er trug einen braunen Mantel und stützte sich auf einem Stock ab. Maria sah zu ihm hin und schenkte ihm ein so liebes Lächeln, dass Jojo diesen Josef am liebsten auf der Stelle von der Bühne geprügelt hätte.

Niemand wollte Maria und Josef bei sich aufnehmen. Überall wurden sie wieder weggeschickt, und Maria war kurz davor, ihr Baby zu bekommen.

Endlich kamen sie zu einem Stall, in dem sie bleiben durften. Josef sagte: »Hier haben wir zum Glück ein Dach über dem Kopf, und die Tiere halten uns warm.«

Jojo hoffte inständig, dass dieser Josef Fehler machen würde. Damit alle im Saal lachten und das Krippenspiel abgebrochen werden musste.

Doch alles ging glatt. Sie waren im Stall, und plötzlich hielt Lena ein Puppenbaby in den Armen. Sie gab dem kleinen Jesus einen Kuss, und dann schaute sie ins Publikum. »Dieses Kind will Frieden für die ganze Welt, und das will ich auch.«

Die Hirten kamen mit ihren Geschenken zu Besuch, und Josef sagte fehlerfrei, dass ihnen »ein Kind geboren« sei. Er legte den Arm um Maria und sagte: »Er soll Josus heißen. Das ist ein schöner Name. Aber erst werde ich ein Hous für uns suchen.«

»Haus«, flüsterte Maria deutlich hörbar, und Josef wiederholte: »Haus.«

Jetzt sang Maria dem Baby ein Lied. Es war in ihrer Sprache, doch man konnte erkennen, dass es ein Wiegenlied war. Als das Lied zu Ende war, sagte Josef etwas in seiner Sprache. Es klang sehr liebevoll, und Lena sagte: »Mein Mann wünscht unserem Kind ein schönes Leben, dass es glücklich wird und ... und dass es hierbleiben darf. Aber das ist von mir!« Sie übersetzte es auch noch für ihre Mutter.

Lenas Mutter zog ihr Taschentuch aus dem Ärmel und schnäuzte sich wieder. Wie es sich anhörte, war sie nicht die Einzige, die gerührt war.

Zum Schluss sangen vier hellblonde Engel über Frieden. Der Vorhang fiel, und das Licht ging wieder an. Das Publikum hörte nicht auf zu klatschen.

Die Schauspieler traten vor den Vorhang und verbeugten sich. In seinem ganzen Leben war Jojo noch nie so eifersüchtig gewesen. Besonders, als Lena und Kwame den Applaus Hand in Hand entgegennahmen.

Lena rannte zu ihrer Mutter und zu Jojo. Kwame ging zu einem Mann, der ihm sehr ähnlich sah. Der Mann lächelte stolz und legte Kwame die Hand auf den Kopf.

»Wie fandest du es?«, fragte Lena in ihren beiden Sprachen.

Ihre Mutter sagte etwas, das wohl »schön« bedeutete, und Jojo sagte: »Er hat immerzu an dir herumgefummelt.«

»Aber fandest du es schön?«

»Ja. Nur ...«

Er wurde von Kwame unterbrochen, der kam, um sich Lenas Mutter vorzustellen. »Es freut mich, Sie kennenzulernen«, sagte er. Lenas Mutter drückte ihn an ihre Brust.

Jetzt gab Kwame Jojo die Hand. Vorsichtig, also wusste Jojo, dass Lena ihm Bescheid gesagt hatte. »Ich finde es schön, dich kennenzulernen«, sagte er.

»Ich auch«, sagte Jojo. Es fiel ihm schwer, freundlich zu diesem Konkurrenten zu sein. Wenn du nur die Pfoten von meiner Freundin lässt, dachte er, ich kannte sie zuerst.

Lena stand daneben und lachte: »Und jetzt gehen wir tanzen«, sagte sie.

Tanzen! Das hatte ihm keiner gesagt. Jojo hatte gedacht, dass sie jetzt nach Hause konnten. Aber nein, es gab einen DJ.

Erst tranken sie alle Kakao und aßen ein Stück Stollen. Und dann begann der grässliche Teil des Abends.

Alle tanzten oder hopsten ein bisschen herum. Sogar Lenas Mutter wiegte sich leise in den Hüften. Kwame und sein Onkel tanzten, und die Hirten und Engel machten eine Polonaise.

Nur Jojo stand verloren daneben. Er konnte, wollte und würde nicht tanzen. Er hatte es noch nie gekonnt. Selbst bevor er krank wurde, war Jojo auf Schul- und Geburtstagsfeiern am Rand der Tanzfläche stehen geblieben. Simon hatte es immer merkwürdig gefunden. »Ich versteh es nicht. Ein Junge, der so gut im Tor ist und sich dann so ungeschickt anstellt, wenn es um Musik geht.«

Durch Jojos Krankheit war es natürlich nicht besser geworden. Jetzt bewegte er sich auf einer Tanzfläche erst recht steif und hölzern. Und wenn er nicht aufpasste, stolperte er über die eigenen Füße. Ob sich das mit Spezialschuhen ändern würde?

Jojo wollte heimlich zum Ausgang gehen und sich nach draußen schleichen. Doch einer der Engel hielt ihn auf. »Hallo«, schrie er ihm so laut ins Ohr, dass er den Lärm übertönte. »Bist du Lenas Freund?«

Jojo nickte.

»Der vom Rollstuhl am Strand?«

Jojo zuckte die Achseln.

»Und vom Kopfsprung von der Düne?«, fragte der Engel.

»Jaaa!«, schnauzte Jojo. »Der Stümper, das bin ich.«

Der Engel sah ihn erschrocken an. Die Musik hörte für einen Moment auf.

»Ich fand das stark«, sagte er leise. »Den Jungen würde ich gern mal kennenlernen, dachte ich mir.«

»Entschuldige«, sagte Jojo. »Das liegt daran, dass ich tanzen muss.«

»Du musst überhaupt nicht. Sollen wir uns an den Rand setzen? Ich bin Doortje.«

Als sie aus dem Gedränge heraus waren, sagte Doortje: »Ich geh mit Kwame.«

»Ach so?«

»Ja«, sagte Doortje. »Schon seit dem ersten Tag.«

Was für eine Erleichterung! Also war Kwame gar kein Konkurrent.

»Er macht einen sehr netten Eindruck«, sagte Jojo.

»Das ist er auch.« Doortje klang ein bisschen traurig, als sie hinzufügte: »Aber vielleicht wird er plötzlich nicht mehr da sein. Sie wissen nicht, ob sie bleiben dürfen. Genau wie Lena und ihre Mutter. Die können auch von einem Tag auf den anderen weg sein.«

»Sie bleibt hier!«, sagte Jojo entschieden.

»Woher weißt du das?«

»Ich will es«, sagte Jojo.

»Als ob das helfen würde«, sagte Doortje. »Sicher darf sie hierbleiben, nur weil du das willst!«

»Was bist du denn für ein Engel?«, fragte Jojo böse. »Trösten und singen musst du.«

»Ich gebe mir die größte Mühe«, sagte sie. »Immer wenn Kwame Albträume hat, sage ich ihm, dass es nicht wahr ist und dass er in seinem Bett liegt. Manchmal ruft er mich mitten in der Nacht an. Macht Lena das bei dir auch?«

»Nicht nachts«, sagte Jojo. »Ich weiß nicht mal, ob sie überhaupt Albträume hat.«

»Ich auch nicht«, sagte Doortje. »Lena springt.« Bei diesen Worten schaute sie besorgt. »Neulich ist sie vom Flachdach unseres Gartenhäuschens gesprungen. Fast auf die Katze drauf.«

Sie hatten keine Zeit mehr weiterzureden, weil Lena und Kwame zu ihnen kamen. Jetzt konnte Jojo wirklich nett zu ihm sein.

Kwame und Doortje gingen tanzen, und Lena fragte Jojo: »Ihr habt euch so ernst miteinander unterhalten. Worum ging es?«

»Ach, nichts Besonderes«, sagte Jojo. Er traute sich nicht, Lena in die Augen zu schauen, weil sie sonst sehen würde, wie sehr er sich davor fürchtete, dass sie eines Tages nicht mehr da sein könnte.

Ab dem Moment gab er sich große Mühe, besonders vergnügt zu sein, doch jemand begann das sehr heimtückisch zu hintertreiben.

Pfui Teufel!, sagte Herr S. *Das ganze liebe Getue hier treibt mich noch in den Wahnsinn. Höchste Zeit, mal wieder in Aktion zu treten.*

17

»Du bist so blass«, sagte Lena nach einer Weile. »Sollen wir nach Hause gehen?«

»Nein, nein«, sagte Jojo. Doch er dachte: Wie soll ich überhaupt zurückkommen? Schmerzen loderten in seinem ganzen Körper. Er spürte, dass seine Füße in seinen Schuhen anschwollen. Es stach in seinen Knien. Alles tat ihm weh.

Du musst mir eben mehr Aufmerksamkeit schenken, sagte Herr S. *Ich mag es nicht, den ganzen Abend vernachlässigt zu werden. Dann beiße ich zu.*

Der Abend war sowieso fast vorbei, also machte Lena sich auf die Suche nach ihrer Mutter. Sie verabschiedeten sich von allen. Jojo sah, dass Lenas Mutter sich etwas wohler fühlte als bei ihrer Ankunft.

Jojo ging in der Mitte zwischen Lena und ihrer Mutter her. Sie hakten ihn beide unter und schoben sich zusammen mit ihm Schritt für Schritt vorwärts. Das ging auch nicht anders, weil Jojo nicht schneller konnte. Bei jedem Schritt stachen ihm Messer in die Füße. Jede Bewegung war eine Herausforderung. Jeder falsche Tritt eine Katastrophe.

Er versuchte wirklich, sich zusammenzureißen, doch Tapfersein war zu viel verlangt. Jojo musste weinen.

Die vielen buckligen Gehsteigplatten in Lenas Nachbarschaft hatten sich in gefährliche, wackelige Eisschollen in einer dunklen Winternacht verwandelt. Es fielen sogar winzig kleine Schneeflocken.

Lenas Mutter tröstete ihn mit viel Scht-Lauten, und Lena sagte: »Wir sind bei dir. Tränen zu haben ist nicht schlimm.«

Jojo hätte die Tür des Häuschens am liebsten geküsst, so glücklich war er, als sie endlich angekommen waren.

Er nahm eine Schmerztablette und trank ein Glas Milch. »Ich lege mich jetzt lieber ins Bett«, sagte er.

»Dann gehe ich mit und erzähle dir eine Geschichte«, sagte Lena. »Du brauchst nichts zu sagen, und du darfst weinen, so viel du willst, wenn dir danach ist.«

»Aber dann kann ich deine Geschichte doch nicht hören!«, sagte Jojo.

Das Ausziehen fiel ihm schwer, doch nun lag er endlich im Schlafsack auf der Luftmatratze.

Lena wollte mit ihm tauschen, doch Jojo sagte, dass er gut läge. Und das stimmte auch.

»Ist dir warm genug?«, fragte Lena.

»Ja.«

»Wirkt die Tablette schon?«

»Ein bisschen. Findest du mich blöd?«

»Wieso?«

»Weil ich ins Bett muss und so.«

»Auf solche komischen Fragen geb ich keine Antwort«, sagte Lena. Sie legte sich unter ihre Decke.

»Es war einmal …«, begann sie. »Es waren einmal ein Mann und eine Frau.«

»Hier oder dort?«, fragte Jojo.

»Dort. Vor langer Zeit.«

»Es waren einmal ein lieber Mann und eine liebe Frau. Sie wollten so gern Kinder haben, doch sie bekamen keine. Davon wurden sie traurig.

Doch dann begann es zu schneien. Echter Schnee, der schönste Schnee, den es gibt, wie er nur bei uns fällt.«

»Angeberin«, sagte Jojo.

»Soll ich weitererzählen?«, fragte Lena beleidigt.

»Ja«, sagte Jojo.

»Es schneite drei Tage lang. Und dann schaufelte der Mann Pfade frei und machte einen großen Kreis, damit die Kinder aus der Umgebung dort spielen konnten. So konnten sie sich nicht im Schnee verirren.

Der Mann und die Frau halfen den Kindern, Schneemänner zu bauen. Einer von ihnen war ein Schneemädchen. Es war schlank und klein, und seine Augen waren aus graublauen Murmeln, sein Mund von getrockneten Beeren und sein Haar aus schwarzer Wolle.

Als es Abend wurde, mussten die Kinder nach Hause gehen. Die Frau weinte. ›Ach, hätten wir nur ein liebes kleines Kind, das bei uns bleiben kann.‹

Sie wollte nicht ins Haus gehen, sondern blieb draußen, bis sie fast erfroren war.

Als sie endlich wieder hereinkam, gab der Mann ihr Wodka und einen kleinen Fisch gegen die Kälte.

Schließlich ging die Frau schlafen, und als sie aufwachte, stand ein kleines Mädchen neben ihrem Bett. ›Es ist aber ganz schön warm hier‹, sagte sie.

Sie war sehr blass und hatte einen rosa Mund und große graue Augen. Und schwarzes Haar mit lustigen Löckchen. ›Könnt ihr den Heizofen ausmachen?‹, fragte sie.

Der Mann und die Frau machten den Ofen aus und zogen ihre warmen Mäntel an.

Die drei wurden zusammen sehr glücklich.

Doch als es Frühling wurde, klagte das Mädchen wieder über die Wärme. Sie sagte, dass sie grüne Blätter nicht mochte, und schon gar keine Blumen. Die Sonne konnte sie nicht leiden. ›Sie tut mir weh.‹

Sie wurde immer dünner, und eines Tages war sie verschwunden. Niemand wusste, wo sie war.

Ein kleiner Junge erzählte, dass er einen großen Vogel gesehen hätte, der das Mädchen auf seinem Rücken trug. Niemand glaubte ihm. Der Vogel sei in Richtung Norden geflogen, sagte er noch. Dafür wurde er bestraft.

Alle halfen beim Suchen. An diesem Abend wurde das Mädchen nicht gefunden. Am nächsten auch nicht und an dem danach auch nicht.

Die Leute im Dorf sagten sich, dass diejenigen, die einfach so aus dem Schnee kamen, auch einfach so wieder verschwanden, und dachten nicht mehr an sie.

Ihre Eltern schon, sie hörten nicht auf zu suchen. Bis es wieder Winter wurde und sie fast umgekommen waren vor Kummer.

Es schneite fünf Tage lang, und die Kinder kamen den Mann und die Frau fragen, ob sie ihnen wieder helfen wollten, Schneemänner zu bauen, doch der Mann schickte sie weg.

Und dann war das Mädchen auf einmal wieder da. Es klopfte an die Tür und sagte: ›Da bin ich wieder, könnt ihr den Heizofen ausmachen? Und habt ihr Brot für meinen Vogel?‹

Am nächsten Tag bekam der kleine Junge, der sie mit ihrem Vogel hatte wegfliegen sehen, einen Kuss und etwas zum Naschen.

So ging es fortan jedes Jahr. Der Vater und die Mutter machten sich keine Sorgen mehr, wenn das Mädchen im Frühling begann zu klagen, dass es zu warm wurde. Sie sagten einfach: ›Geh du nur in die Kälte, dort fühlst du dich wohler.‹

Und dann machte sich ihre Tochter auf die Reise in ein Land, in dem es immer schneite. Im Herbst kam sie wieder. Und dann zogen ihre Eltern drinnen wieder ihre Mäntel an.«

»So erzählt man sich die Geschichte bei uns«, sagte Lena. »Schläfst du schon?«

»Fast«, sagte Jojo. »Dein Niederländisch ist wirklich sehr gut.«

»Das geht auch nicht anders«, sagte Lena. »Wenn man hierbleiben will, muss man sprechen können. Schlaf jetzt. Das nächste Mal, wenn du zu mir kommst, erzähle ich dir eine Geschichte über Herrn S.«

Als Jojo aufwachte, ging es ihm ein bisschen besser. Lena lag nicht mehr neben ihm, doch er hörte Geräusche von unten. Kurze Zeit später kam Lena herein. Sie hatte ein Tablett in den Händen. Es gab Brot, Aufstrich und zwei Tassen Milch.
»Wie geht es dir jetzt?«
»Besser.«
»Gut«, sagte sie. »Der Schnee ist fast wieder weg.«
Jojo setzte sich auf und frühstückte. Sein Körper fühlte sich wieder einigermaßen normal an.
»Schade, dass das Krippenspiel vorbei ist«, sagte Lena. »Die Proben haben Spaß gemacht.«
»Was machst du Weihnachten?«, fragte Jojo.
»Vielleicht gehen wir bei den Nachbarn essen. Früher hat meine Mutter immer eine Gans gebraten. Und meine Oma backte süße Brötchen mit Rosinen und Marzipan darauf. Meine Tante machte Pasteten, die mit Fleisch gefüllt waren. Und Papa und ich holten einen Weihnachtsbaum und schmückten ihn gemeinsam. Wir hatten den schönsten Weihnachtsbaum von allen. Die Feste bei uns waren immer schön.«

»Weiß ich«, sagte Jojo. »Deine Mutter hat mir Fotos gezeigt.«

»Musste sie weinen?«, fragte Lena.

»Ja.«

»Was hast du gemacht?«

»Sie getröstet.«

»Sie weint immer, wenn sie sich die Fotos ansieht«, sagte Lena. »Ich schaue mir das Album nicht mehr an. Weil ich sonst auch weinen muss, und darauf habe ich keine Lust.«

»Manchmal kann man nichts dagegen tun«, sagte Jojo.

»Wenn ich weinen muss, tu ich etwas«, sagte Lena.

»Springen?«, fragte Jojo.

Lena antwortete nicht. »Sollen wir gleich zu Doortje gehen?«

Jojo sagte, dass er bald nach Hause müsse. Aber für eine Weile konnten sie hingehen. Herr S ließ ihn noch immer nicht in Ruhe, doch er quälte ihn auch nicht mehr so wie am Abend zuvor.

Sie packten seine Sachen und gingen dann nach unten.

Lenas Mutter saß an einer altmodischen Nähmaschine und nähte. Als sie Jojo und Lena erblickte, lächelte sie Jojo vergnügt an und machte weiter.

»Manchmal näht sie anderen Frauen Kleider«, sagte Lena. »Und es haben sich schon drei Leute angemeldet, die zu Weihnachten eine Torte von ihr kaufen wollen. Doortjes Mutter auch.«

Jojo verabschiedete sich von Lenas Mutter, weil Lena ihn von Doortje aus zum Bahnhof bringen würde.

Lenas Mutter gab ihm einen Kuss und strich ihm übers Haar. Von ihr ließ er sich das gefallen. An der Schachtel im Mülleimer sah er, dass die Pralinen schon alle waren. Sie bemerkte seinen Blick und sagte: »Ui! Ui!«

Doortje wohnte in einer besseren Gegend. Ihr Haus war schon ganz weihnachtlich geschmückt, mit Lichterketten an den Regenrinnen. Ein Weihnachtsmann stieg aufs Dach, und im Garten standen mindestens drei erleuchtete Weihnachtsbäume. Und ein Rentier, das einen weiteren Weihnachtsmann im Schlitten hinter sich herzog. An der Eingangstür hing ein Stechpalmenkranz, und als sie läuteten, erklang Jingle Bells.

»Sie machen bei einem Wettstreit mit«, sagte Doortje missmutig. »Deshalb ist unser Haus so herausstaffiert.« Sie führte Lena und Jojo gleich in ihr Zimmer.

Auf ihrem Bett standen zwei große Plastiktüten

vom Supermarkt. »Kwame kommt auch gleich«, sagte Doortje. Jojo erklärte sie, dass in den Tüten Weihnachtssachen seien. »Mein Vater und meine Mutter kaufen sowieso jedes Jahr was Neues, das hier wird ihnen nicht fehlen. Also können Lena und Kwame es haben.«

Es klingelte, und Doortje rannte hinunter.

»Mein Onkel fand das Theaterstück schön«, sagte Kwame, als er auch oben war.

»Kwame und sein Onkel gehen zusammen zum Sprachkurs«, sagte Doortje, »darum kann er schon so gut Niederländisch sprechen.«

»Ja, und in einer Weile lernt er vielleicht wieder eine andere Sprache«, sagte Lena bissig.

»Warum sagst du das denn?«, fragte Doortje entsetzt.

»Weil es so ist«, sagte Lena.

»Vielleicht müssen wir doch weggehen«, sagte Kwame.

»Wer hat das gesagt?« Jetzt war Doortje den Tränen nahe.

»Der Anwalt.«

»Dann flieht ihr.« Lena fragte es nicht einmal, sie sagte es ganz nüchtern, als wäre es die normalste Sache der Welt.

Kwame zuckte die Achseln. »Wohin? In Frankreich und in Belgien sind wir schon gewesen.«

»Stimmt, so kann es nicht ewig weitergehen«, sagte Lena. »Wir waren zuerst in Deutschland.«

Doortje sagte: »Dann verstecke ich dich eben bei uns auf dem Dachboden.«

»Da finden sie uns doch auch«, sagte Kwame.

»Und jetzt reden wir von etwas anderem«, sagte Lena entschieden. Und das taten sie.

Zu dritt brachten sie ihn zum Bahnhof. Als Jojo im Zug an seinem Platz saß, blieben sie noch auf dem Bahnsteig stehen, um ihm hinterherzuwinken.

Unterwegs musste Jojo die ganze Zeit seufzen. Arme Lena. Armer Kwame. Seinen eigenen Feind kannte er zumindest.

Bob holte ihn vom Zug ab. »Deine Mutter ist so nett, meine neuen Vorhänge zu ändern, weil sie zu lang sind. Hoffentlich ist es in Ordnung, dass ich dich abhole.«

Jojo konnte Bob inzwischen richtig gut leiden, und er sagte, es sei wunderbar. Er erzählte von dem Krippenspiel, von Lena und von Kwame. Und von ihren Problemen.

Bob sagte: »Es war immer meine Entscheidung zu fliehen. Ich darf gar nicht dran denken, wie das wäre, wenn jemand anders über mein Leben bestimmt.«

»Genau«, sagte Jojo.

»War bei dir alles einigermaßen in Ordnung?«, fragte Bob.

»Jetzt geht es wieder.«

»Oh«, sagte Bob. »War es sehr schlimm?«

»Ja. Heute Morgen ging es wirklich besser, aber jetzt nicht mehr so.«

»Nicht so toll«, sagte Bob.

»Nein. Wo ist mein Vater eigentlich?«

»In seinem Arbeitszimmer, wie immer. Unglaublich, wie viel der Junge arbeitet.«

»Der Junge«, nannte er ihn!

»So werde ich nie«, sagte Jojo.

»Wenn du etwas machst, was dir Spaß macht, schon«, sagte Bob. »Und dein Vater hat das gefunden. Ich noch immer nicht.«

Jojo fragte sich, ob er je etwas finden würde, was ihm so viel Spaß machte.

Als sie ausstiegen, knickte Jojo um, und er wäre fast hingefallen.

»Ich sage nichts«, sagte Bob nachdrücklich, und damit hatte er schon viel zu viel gesagt.

Zum Glück war Jojos Mutter zu sehr mit den Vorhängen beschäftigt, um ihn ausgiebig danach zu fragen, wie es ihm ging.

18

Zwei Tage später waren Jojo und Simon auf dem Nebenfeld ihres Fußballvereins. Sie waren nicht die Einzigen, die in der Winterpause ab und zu eine Runde kickten. Der Trainer hatte ihnen schon zugewinkt, und mehrere Jungs der A-Junioren liefen gerade ein paarmal um den Platz.

Jojo stand im Tor, und Simon musste versuchen, Treffer zu landen. Wie immer.

Doch diesmal lief es nicht wie immer.

Am Anfang jubelte Simon noch, wenn ein Ball ins Tor ging, aber nach einer Weile hörte er damit auf, es kam zu oft vor.

»Entschuldigung«, sagte Simon nach einem weiteren Ball, den Jojo nicht halten konnte. »Sollen wir nach Hause gehen? Mir wird kalt.«

»Nein«, sagte Jojo. Weil er mit aller Macht weiterspielen wollte. Er musste unbedingt wieder so schnell werden wie früher. Es konnte doch nicht sein, dass er sein altes Tempo für immer verloren hatte? Der Jojo, der so schnell aus dem Tor lief. Der sich geschmeidig nach links, nach rechts oder nach vorn warf. Der Jojo mit den Hechtsprüngen, der überall zugleich war und sich einem, der ein Tor schießen wollte, immer in den Weg stellte.

Jojo, auf den manchmal sogar Jungs einen Hass hatten, die einen Kopf größer waren als er.

»Ich bin auch müde«, sagte Simon.

»Ich nicht«, keuchte Jojo, aber er hatte das Gefühl, dass er auf der Stelle umkippen könnte.

Ach, vielleicht wäre das ja sowieso die beste Lösung: ein Held, gefallen bei der Ausübung seines Lieblingssports.

Am heutigen Tag wurde uns unser
geliebter Sohn
durch den Tod entrissen
Ein Sportsmann bis zuletzt
Seine Eltern

Mein bester Freund wird jetzt
in der Himmelsmannschaft kicken
Simon

Job gesucht

Vorzugsweise bei Kind
Erfahrung vorhanden
Herr S

»Mir reicht's«, sagte Simon. »Vielleicht geht es ja beim nächsten Mal besser.«

»Nicht mit mir«, sagte Jojo.

»Nein«, sagte Simon. »Das glaube ich auch nicht. Aber später schon. Wenn deine Medikamente erst richtig wirken und du deine neuen Schuhe hast.«

»Was hast du da gesagt?«, fragte Jojo.

»Dass deine Medikamente noch anschlagen müssen oder wie auch immer man dazu sagt.«

»Nein, das andere.«

Simon sah sich Hilfe suchend um. »So heißt es doch.«

»Was denn genau?«

»Hör auf.« Simon konnte Streit überhaupt nicht ertragen.

»Du findest also auch, dass ich mir welche holen soll. Hässliche Schuhe. Es gibt nicht mal welche für Fußballer.«

»Das kann man nie wissen«, sagte Simon, der offenbar wieder Mut fasste.

»Hast du je einen Spieler mit Spezialschuhen gesehen?« Jojo wurde immer lauter.

»Von außen nicht«, sagte Simon. »Aber vielleicht sind sie ja von innen verstärkt oder so.«

»Das glaub ich überhaupt kein bisschen!« Jetzt schrie Jojo.

Simon drehte sich um und wollte weggehen.

Jojo stolperte ihm hinterher und sprang ihm auf den Rücken.

Sie kugelten im nassen Gras herum. Jojo beschimpfte Simon, und Simon rief immer nur: »Hör auf! Hör auf!«

Doch Jojo wollte nicht aufhören. Er wollte Simon in Grund und Boden prügeln.

Das hätte er auch fast geschafft, wäre er nicht plötzlich unter den Armen gepackt und hochgeschleudert worden. Der Trainer und einer der Spieler von den A-Junioren hielten ihn in Schach.

»Bist du total verrückt geworden?« Der Trainer war wütend, stinkwütend. Er hielt Jojo noch unter den Armen fest, und der Spieler hielt seine Füße.

Wie eine Hängematte hing Jojo zwischen den beiden in der Luft. Er hörte Simon leise weinen.

»Können wir dich loslassen oder machst du dann weiter?«, fragte der Trainer.

»Ich tue nichts mehr«, murmelte Jojo, und sie legten ihn auf dem Gras ab.

Simon stand inzwischen wieder auf den Füßen. Er war lädiert, doch er schubste den Spieler der A-Junioren, der ihm helfen wollte, beiseite. Simon hatte andere Sorgen: »Kann ich was dafür, wenn es nicht mehr geht! Und dass du dir auch nicht helfen lassen willst. Ich hab es auch lieber, wenn du im Tor bist und nicht der lahme Peter. Aber wenn du so weitermachst, stehst du nie mehr drin. Ich geh jetzt nach Hause. Und du brauchst mir gar nicht erst hinterherzukommen!«

Damit ging er weg.

Zum Spieler der A-Junioren sagte der Trainer, dass er jetzt allein mit Jojo klarkommen würde. Und als dieser aufstand, um ebenfalls nach Hause zu gehen, hielt der Trainer ihn noch einen Augenblick zurück.

»Simon hat mir ständig in den Ohren gelegen, dass du wieder ins Tor sollst. Wenn jemand sich für dich einsetzt, dann ist er das. Und was ist der Dank dafür? Prügel von seinem besten Freund. Frohe Weihnachten, Jojo. Und jetzt verzieh dich.«

»Mitten in der Winternacht ward ein Kind zu uns gebracht!« Das sang Jojos Mutter schon seit ein paar Tagen. Sie war eigentlich nicht besonders gläubig, aber zu Weihnachten schon für eine Weile.

Die Hirten waren gekommen, und »O du Fröhliche« hatten sie auch schon gehabt. Jojo wurde vollkommen wahnsinnig davon, und er musste sich in sein Zimmer flüchten. Das war das schlimmste Weihnachten aller Zeiten, so viel war sicher.

Letztes Jahr hatte er am zweiten Weihnachtsfeiertag bei Simon gegessen, und zu Silvester hatten sie alle zusammen Raketen abgeschossen.

Jetzt traute er sich nicht, Simon anzurufen, und Simon ließ auch nichts von sich hören.

Und Lena? Lena hatte auch keine Zeit für ihn, sie schickte ihm nicht einmal eine kurze Mail.

Als Jojo ihr mailte, antwortete sie schließlich mit einem einzigen Satz: Ich bin sauer auf dich.

Woher wusste sie davon? Hatte sie Kontakt mit Simon? Und seit wann? Sprachen sie hinter Jojos Rücken miteinander? Besuchte er sie vielleicht auch? Lag Simon dann neben ihrem Bett? Erzählte sie ihm dann eine Geschichte? Brachte sie ihm Frühstück ans Bett?

Der erste Weihnachtsfeiertag fing schlecht an. Bob war am Vorabend zu Freunden gegangen und hatte dort übernachtet, und Jojo vermisste ihn ein bisschen.

Jojos Vater hatte sich überlegt, dass sie morgens zu Oma, seiner Mutter, fahren sollten, um sie zu überraschen.

»Glaubst du, dass sie sich darüber freuen wird?«, fragte Jojos Mutter. »Deine Mutter war noch nie für Überraschungen zu haben.«

»Natürlich wird sie sich freuen«, sagte Jojos Vater.

Um zehn Uhr fuhren sie zu dritt zu Oma los. Nur hatte Jojos Vater vergessen zu tanken, so dass sie unterwegs plötzlich liegen blieben. Und am ersten Weihnachtsfeiertag hatten ziemlich wenige Tankstellen offen.

Sie warteten auf die Straßenwacht.

»Ich hasse Weihnachten«, sagte Jojo.

Seine Eltern taten so, als hätten sie nichts gehört.

»Müssen wir wirklich zu Oma fahren?«

»Ganz und gar nicht«, sagte sein Vater verbissen. »Du kannst auch zu Fuß nach Hause gehen.«

»Klar, das ganze verdammte Stück.«

»Dann halt den Mund«, sagte sein Vater.

»Wo bleiben sie nur mit dem Benzin?«, fragte sich Jojos Mutter. »Ich habe keine Lust, den ganzen Tag im Auto zu hocken und mir euer Gestänker anzuhören.«

»Wir stänkern nicht«, sagte Jojos Vater.

Jojo dachte an Lena und an die süßen Brötchen mit Rosinen und Marzipan von ihrer Oma.

Ob Lenas Mutter eine Torte gebacken hatte?

Ob Simon noch im Bett lag? Seine Eltern schliefen nach Heiligabend immer lange aus.

Er durfte nicht an Simon denken, sonst bekam er erst recht schlechte Laune.

Sie kamen erst um zwölf Uhr bei Oma an, und da wollte sie gerade in ihren Seniorenklub gehen, weil sie dort einen Weihnachtsbrunch hatte.

»Warum habt ihr nicht Bescheid gesagt, dass ihr kommt?«, fragte sie Jojos Vater. »Ich habe nicht mal etwas Leckeres da, was ich euch anbieten kann. Ihr solltet doch erst übermorgen kommen?«

»Dabei habe ich sogar noch darauf bestanden, dass er anruft«, sagte Jojos Mutter.

»Ich werde aber nicht absagen«, sagte die Mutter von Jojos Vater. »Ich freue mich schon seit Wochen darauf. Ich gehe zusammen mit Herrn van Driel hin. Er ist neu hier und sehr sympathisch.«

»Wie schön für dich«, sagte Jojos Mutter. »Sollen wir dich hinbringen?«

»Nein danke, er kommt mich abholen.« Sie drückte Jojo an sich. »Kommst du in den Ferien noch mal mit deinem netten Freund vorbei?«

Auf dem Rückweg war die Stimmung nicht viel besser. Jojo ging gleich wieder in sein Zimmer, wo er den Rest des Nachmittags damit verbrachte, mit aller Macht nicht an Simon zu denken.

Am nächsten Tag gingen sie zu seinen anderen Großeltern zum Essen. Da konnte Jojo Simon für eine Weile vergessen.
Nach dem Essen sahen sie sich einen Weihnachtsfilm an. Der war sehr rührselig, also wunderte sich niemand, als Jojo in Tränen ausbrach.
»Ich muss auch jedes Mal weinen«, sagte sein Opa. »Möchtest du noch ein Stück Kuchen haben, mein Junge?«
»Nein danke, Opa«, sagte Jojo. »Sonst platze ich.«
Sie sahen sich noch einen Film an, und bei dem konnte man lachen. Am Ende dachte Jojo: Zum Glück ist dieses Weihnachten auch wieder geschafft.
Doch als er zu Hause war und Lena eine verzweifelte Mail schickte, blieb es still. Furchtbar still.

Am Tag nach Weihnachten zog Bob um. Jojos Mutter half ihm, alles in Ordnung zu bringen. Geplant war, dass die ersten Übernachtungs- und Frühstücksgäste in den Winterferien kommen sollten.

Am ersten Abend, als Bob richtig weg war, sagte Jojos Mutter, dass sie ihn zu ihrer eigenen Überraschung tatsächlich vermisse.

»Ihr arbeitet sehr gut zusammen«, sagte Jojos Vater. »Bist du sicher, dass du ihm nicht mit seiner Pension helfen willst?«

»Wir werden sehen«, sagte sie, und ihr Blick sagte: Halt du dich da raus.

Silvester waren sie bei Bob eingeladen. Zum Essen und um zu bleiben, bis es Neujahr wurde. Jojo, seine Eltern und noch ein paar Leute. Bob sagte, dass es Bekannte von ihm seien. Doch mehr verriet er nicht.

Simon durfte auch mitkommen, aber Jojo sagte, dass er zu seiner Oma gehen würde.

Am Abend vor Silvester hatte Jojo noch immer nichts von Simon gehört und sich auch selbst nicht bei ihm gemeldet.

Nur Herr S blieb Jojo treu.

19

»Ich habe Simon schon eine Weile nicht gesehen«, sagte seine Mutter. »Ist er in den Ferien weggefahren?«

Sie war gerade dabei, Vorhänge für eines von Bobs Gästezimmern zu säumen. Es war eines der letzten Dinge, die sie für Bob machte. Sagte sie zumindest.

»Nein.« Jojo hatte schon eine Stinklaune, weil Lena ihn noch immer in ihren beiden Sprachen anschwieg.

»Habt ihr euch gestritten?« Seine Mutter hatte lange gebraucht, um es zu merken. Ohne die vielen Kleinigkeiten, die sie für Bob machte, wäre sie noch am selben Abend dahintergekommen.

»Meine Schuld«, sagte Jojo. Er hatte keine Lust mehr, es zu verbergen.

»Dachte ich es mir doch.«

»Lena ist auch sauer. Ich wusste nicht mal, dass sie mit Simon spricht.«

»Ich glaube, sie mailen sich«, antwortete seine Mutter.

Natürlich. Mütter wussten doch immer alles? So eine Mutter wie seine jedenfalls schon.

»Und was soll ich jetzt tun?«, fragte Jojo.

»Dich mit Simon aussöhnen?«

»Aber es war etwas sehr Schlimmes«, sagte Jojo. »Der Trainer musste uns voneinander trennen.«

»Du wirst Simon wahrscheinlich auch fehlen«, sagte seine Mutter. »Eigentlich weiß ich das sogar sicher.«

»Hast du ihn denn gesprochen?«

»Ich habe seine Mutter zufällig getroffen.«

»Und was hat sie gesagt?«

»Dass Simon schrecklich stinkig ist und ihr nichts anderes verraten wollte, als dass ihr kurz Streit miteinander hattet.«

Ob er wirklich »kurz« gesagt hatte?

Doch an diesem Abend waren Simons Eltern bestimmt zu Hause, weil ihr Geschäft zuhatte. Und Simons Bruder Daan würde vielleicht auch da sein. Wer weiß, vielleicht würde Simon ja im Beisein seiner ganzen Familie sagen, dass er Jojo nie mehr sehen wollte.

»Ich würde trotzdem hingehen«, sagte seine Mutter. »Dann hast du es hinter dir.«

Jojo musste einer ganzen Menge Knaller aus dem Weg gehen, bevor er bei Simon war.

Simon machte die Tür selbst auf. Einen Augenblick sah Jojo seine Augen aufleuchten, dann schaute er ernst.

»Darf ich reinkommen?«, fragte Jojo.

»Solange du nicht um dich schlägst.« Simon ließ ihn ganz vorsichtig vorgehen.

Sie gingen ins Wohnzimmer.

Am Anfang war es immer seltsam, Simons Eltern ohne ihre Kochschürzen zu sehen.

Simons Mutter steckte gerade ihre Füße in ein sprudelndes Fußbad.

»Ich habe den ganzen Tag gestanden. Heute war die Hölle los«, sagte sie zu Jojo. »Du kannst dir gar nicht vorstellen, wie viele Leute morgen unseren Eintopf essen werden.«

»Wir nicht«, sagte Jojo. »Wir essen bei Bob, in seinem neuen Haus.«

Simons Mutter lachte in sich hinein.

»Und Simon ist auch eingeladen«, sagte Jojo.

»Simon weiß nicht, ob er kommen will«, sagte dieser.

»An deiner Stelle würde ich hingehen«, sagte Simons Vater. »Wir werden morgen endlich mal nicht kochen. Bei uns gibt's nur Spiegelei und Krapfen.«

Simon behauptete, dass er Spiegeleier liebe.

Daan, der auf dem Boden lag und Jojo nicht

gegrüßt hatte, stand auf. »Ich geh jetzt«, sagte er. Er sagte allen Tschüss außer Jojo und machte sich auf den Weg.

»Er hat eine Freundin«, sagte Simons Mutter. »Warum setzt du dich nicht, Jojo?«

»Äh ... Können wir nicht in dein Zimmer gehen?«, fragte Jojo Simon.

»Warum?« Simon machte es ihm nicht leicht.

Doch Jojo bekam Unterstützung von Simons Mutter. »Vielleicht möchte er dir ja etwas sagen.«

»Ja«, sagte Jojo. »Das möchte ich.«

In Simons Zimmer gab es zwei Sitzsäcke, einen Schreibtischstuhl vor dem Computertisch und ein Bett. Meistens gab Simon Jojo die Hand, damit er mit seinen steifen Knochen in den Sitzsack hinein- und wieder herauskam. Jetzt war keine Hand zu sehen, also setzte sich Jojo auf den Schreibtischstuhl.

Simon lümmelte mit dem Rücken zu Jojo in seinem Sitzsack. »Was wolltest du mir sagen?«

»Es tut mir leid.« Jojo konnte seine eigene Stimme kaum hören.

»Was sagst du?«

»Dass es mir leidtut.«

»Das will ich dir aber auch geraten haben.«

Jetzt drehte Simon sich zu Jojo um. »Du hast

mir echt wehgetan. Und dabei wollte ich nur, dass du wieder in die Mannschaft kommst.«

»Vielleicht komme ich ja nie mehr rein«, sagte Jojo.

Simon sagte nichts.

»Meinst du nicht?«, fragte Jojo.

»Zur Abwechslung ging es mal um mich«, sagte Simon.

»Es tut mir wirklich leid«, sagte Jojo. »Aber ich bin auf einmal so wütend geworden.«

»Ich dachte, dass ich dein bester Freund bin und dir alles sagen kann«, sagte Simon. »Und warum hast du mir überhaupt noch nie von Herrn S erzählt, und als du Lena gerade mal eine Minute kanntest, hast du es ihr gleich gesagt?«

»Ich wusste nicht, dass ihr hinter meinem Rücken miteinander redet.«

»Wir reden nicht irgendwelche Dinge hinter deinem Rücken, es ging um dich!«

»Bestimmt habt ihr wunderbar über mich gelästert«, sagte Jojo.

Simon sah ihn an, als wäre Jojo ein quengelndes Kleinkind. »Wir haben uns gemailt, und da hat sie mir von Herrn S erzählt. Ich bin froh, dass ich es jetzt weiß.«

»Findest du es nicht kindisch?«, fragte Jojo.

»Nein. Ich denke auch oft, dass es ein Monster

ist. Lena und ich sagen es nicht weiter. Aber wenn du mich noch ein Mal schlägst, bin ich nicht mehr dein Freund.«

»Aber jetzt schon?«

»Ja.«

»Und kommst du morgen auch mit zu Bob?«

Simon grinste. »Ich hasse Spiegeleier!«

Als Jojo zu Hause erzählte, sie hätten sich ausgesöhnt, sagte seine Mutter, dass sie sich darüber freue. »Morgen wird es schön«, sagte sie. »Ich stehe schon sehr früh auf, weil ich noch eine Menge zu erledigen habe. Mittags komme ich zu euch, und dann holen wir zusammen Simon ab.«

»Was musst du denn noch machen?«

»Bob helfen, er schafft es nicht allein. Aber wenn du willst, können wir gemeinsam frühstücken.«

Jojo sagte, dass er lieber ausschlafen wollte.

Es war lange her, dass Jojo so gut geschlafen hatte. In den meisten Nächten wachte er mehrmals auf, weil irgendwo etwas stach oder wehtat. Jetzt war es schon zwölf Uhr mittags, und er hätte noch weiterschlafen können, wenn sein Vater nicht neben seinem Bett gestanden hätte, mit einer albernen alten Bärenmütze auf dem Kopf und Jojos Frühstück auf einem Tablett in den Händen.

»Ich bin Vater Zeit«, sagte er. »Ich habe schon mal reingeschaut, aber du hast so herrlich geschlafen. Ich habe dir auch ein Ei gekocht, machst du mir Platz?«

Während Jojo aß, trank sein Vater eine Tasse Kaffee.

»Kennst du die Leute, die zu Bob kommen?«, fragte Jojo.

»Einige«, antwortete sein Vater. »Ich glaube, dass die Leute, die seinen großen Tisch gemacht haben, auch eingeladen sind.«

»Die kenne ich«, sagte Jojo. »Sie sind nett.« Daran, wie sich der Mund seines Vaters verzog, erkannte er, dass dieser noch etwas Wichtiges sagen wollte. Das passierte ihm meistens, wenn es um ein schwieriges Thema ging.

»Findest du ... Findest du, dass ich mich zu wenig um dich kümmere?«

So, jetzt war's raus.

»Hat Mama mit dir geschimpft?«, fragte Jojo.

Sein Vater schaute schuldbewusst.

»Es könnte ein kleines bisschen mehr sein«, sagte Jojo. »Nicht viel. Ab und zu beim Fußball zuschauen kommen, das wäre schön.«

»Ich glaube nicht, dass ich das so gut kann.

Fußballvater sein, meine ich«, sagte sein Vater betrübt.

»›Hopp, hopp, Jojo‹ zu rufen ist nicht schwer, weißt du. Aber vielleicht spiele ich ja sowieso nicht mehr.«

Als seine Mutter nach Hause kam, sah sie fröhlich aus. An ihrer Bluse steckte eine Brosche in Form einer Kuckucksuhr, und sie sang: »Zeit verfliegt, Zeit verrinnt ...«
»Seid ihr so weit?«

Draußen war es grau. Vom Himmel fielen vereinzelt winzige Flöckchen, die man mit viel gutem Willen als Schnee bezeichnen konnte. Simon erwartete sie schon. Seine Mutter sagte, dass sie einen Umweg fahren würden, weil sie solch irre Weihnachtsdekoration gesehen hätte.

Doortjes Haus war nichts verglichen mit dem, was sie so alles unterwegs sahen.
Ein einziger Weihnachtsbaum im Garten reichte nicht aus. Es musste noch ein Weihnachtsmann dazu und Rentiere. Lichterketten um das ganze Haus herum. Blinkende Schriftzüge vor den Fenstern, die *Happy Xmas* wünschten, und Engel mit Flügeln, die Licht ausstrahlten.

»Eigentlich finde ich es ganz schön«, sagte Jojos Mutter. »Sollen wir uns nächstes Jahr einen Hirsch aufs Dach setzen?«

»Papa und Mama haben die Eisdiele schon im November weihnachtlich geschmückt«, sagte Simon. »Sie können es nicht mehr sehen. Daan und ich mussten betteln, um einen Weihnachtsbaum zu bekommen.«

Bob hatte es gleich richtig angepackt. Vor den neuen Fenstern hingen Lichterketten, und an der Eingangstür war ein Strauß mit Tannenzweigen und Stechpalmen.

Bob sah ebenfalls aus wie neu. Sein Haar war sehr kurz geschnitten, und er trug eine Samtjacke.

»Willkommen in meinem bescheidenen Heim. Ich freue mich, dass ihr da seid. Die ersten Gäste sind schon da. Sie haben den Vortritt, verehrter Großcousin.«

Jojo spürte einen Schubs im Rücken.

»Das bist du«, sagte seine Mutter.

»Warum soll ich als Erster reingehen?«, fragte Jojo. »Geh du vor.«

Jetzt gab sie ihm einen richtigen Stoß. »Weitergehen. Es gibt keinen Grund, schüchtern zu sein.«

Jojo stolperte mehr oder weniger herein, und da saßen sie am neuen Tisch, als würden sie dort hingehören: Lena und ihre Mutter. Lena trug eine neue Jeans und eine glänzende Bluse. Ihre Mutter trug ein Kleid mit schönen Stickereien.

Lena lächelte ihm zu, und ihre Mutter blickte drein, als wäre Jojo ihr lang verlorener Sohn. Sie stand auf und drückte ihn an sich. Sie hatte zwei Torten gebacken, die mitten auf dem großen neuen Tisch prunkten.

20

»Deswegen war ich noch mit den Vorhängen beschäftigt«, sagte Jojos Mutter kurze Zeit später. »Lena und ihre Mutter übernachten heute bei Bob. Na, ist die Überraschung gelungen?«

Jojo nickte. Lena und ihre Mutter saßen ihm gegenüber, so dass er Lena immer anschauen konnte, er selbst saß zwischen seiner Mutter und Simon. Die Schreiner strahlten vor Stolz, wie viele Speisen auf ihren Tisch passten.

Es gab gebratene Hühnerkeulen, Kartoffelsalat und zwei verschiedene Sorten Eintopf. »Sie sehen genauso aus wie die von uns«, sagte Simon grinsend.

Es gab Teller voller Krapfen und Flaschen mit Saft und Wasser, Wein und anderen alkoholischen Getränken.

Bevor sie anfingen zu essen, bat Bob um Aufmerksamkeit, weil er etwas sagen wollte.

»Liebe Freunde«, begann er. »Denn die, die an meinem Tisch sitzen, bezeichne ich als Freunde. Ich sage es einfach schon im Voraus, weil wir um

Mitternacht draußen sein werden. Ich hoffe, dass das neue Jahr den Menschen, die Ruhe brauchen, auch Ruhe bringen wird.« Er wartete einen Moment, damit Lena es für ihre Mutter übersetzen konnte.

Dann fuhr Bob fort: »Und dass die Schmerzen, die manchmal gelitten werden, sich bessern oder vergehen werden. Ich wünsche uns Geborgenheit und Freude und ... na ja, alles Gute.«

Bob blickte sich um und sagte: »Viele Gäste werden in dieses Haus kommen, aber ihr seid die ersten, und ihr seid mir wichtig.« Nun warf er Jojo und seinen Eltern einen kurzen Blick zu. »Ich habe jedenfalls Ruhe gefunden. Und jetzt essen und trinken wir alle.«

Doch Lena machte deutlich, dass ihre Mutter auch noch etwas sagen wollte. Ihre Mutter stand auf, hob ihr Glas und sagte etwas. Lena übersetzte: »Das alte Jahr war schwer, das neue wird Freude bringen.«

Es wurde genickt und gemurmelt, und in diesem Moment glaubte Jojo wirklich, dass alles gut werden würde, für alle.

Neujahrstag, halb zehn Uhr morgens. Jojo lag halb wach im Bett und schwelgte in Erinnerungen an den Vorabend. Es war schön gewesen, alle zusammen hatten sie gegessen und Spiele gespielt. Lenas Mutter hatte beim Monopoly gewonnen.

Und um Mitternacht hatte Lena Jojo geküsst. Noch bevor sie ihre eigene Mutter küsste, war sie bei ihm und gab ihm einen Kuss auf den Mund. »Wie gut, dass du dich mit Simon versöhnt hast. Er war wirklich traurig, als er mir gemailt hat.«

Erst danach ging sie zu ihrer Mutter und zu den anderen.

Seine Eltern hatten sich erst gegenseitig geküsst, dann war Jojo dran.

»Du weißt ja, was ich dir wünsche«, sagte sein Vater, und seine Mutter drückte ihn nur an sich. »Dasselbe wie letztes Jahr«, sagte sie.

»Ja, ich mir auch«, sagte Jojo. »Dann habt ihr nicht so viel Ärger mit mir.«

»Wir haben nie, aber auch wirklich nie Ärger mit dir«, sagte sein Vater. »Damit musst du mal aufhören.«

Und das wurde Jojos guter Vorsatz fürs neue Jahr: damit mal aufzuhören.

Simon hatte ihm unbeholfen die Hand gegeben und gesagt: »Nach der Winterpause wieder im Tor.«

Jojo hatte genickt. »Und dir wünsche ich, dass du viele Tore schießt.«

Und dann hatte es ein Feuerwerk gegeben. Eine ganze Menge Feuerwerk.

In ein paar Stunden würden Jojo und sein Vater Lena und ihre Mutter wieder nach Hause bringen. Seine Mutter wollte Bob beim Aufräumen helfen.

Jojo drehte sich noch einmal im Bett um.

Du hast mich vernachlässigt, sagte Herr S.

Ja, darauf hatte ich nun mal Lust. Wenn ich so tue, als gäbe es dich nicht, bist du auch nicht da.

Du glaubst also, dass es so einfach ist? Du glaubst diese dämlichen Geschichten wohl? Es hat noch nie geklappt, warum sollte es also jetzt klappen?

Jojos Knie begannen schon gehörig zu brennen, und wenn er tief Luft holte, standen auch seine Schultern in Flammen.

Zu viel gemacht und zu lange aufgeblieben. Selbst schuld.

Als Jojo aufstand, um noch eine Tablette zu nehmen, lachte Herr S ihn aus. *Gib's zu, du wirst nie wie ein normaler Junge sein.*

Als er wieder aufwachte, waren zwei Dinge verändert. Ein merkwürdiges Licht fiel ins Zimmer, und die Schmerzen waren erträglich geworden.

Jojo stand auf und öffnete den Vorhang. Es schneite. Nicht übermäßig viel, aber gerade genug, um gute Laune davon zu bekommen.

Sein Vater sagte, dass man auf den Straßen noch fahren könne, doch laut Vorhersage würde viel mehr Schnee fallen. »Ich habe gerade bei Bob angerufen: Lena und ihre Mutter sind gleich so weit. Wir haben noch Krapfen, die wir mitnehmen können, und ich möchte am liebsten sofort los.«

Jojo aß schnell ein Butterbrot und trank eine Tasse Tee.

»Passt ihr gut auf?«, sagte Jojos Mutter, als sie aufbrachen.

»Jaaa!«, riefen Vater und Sohn gleichzeitig.

Im Auto war Lena still. Sie saßen zusammen auf der Rückbank, und Jojo fragte: »Bist du müde?«

»Nein«, sagte sie kurz angebunden.

»Was ist dann los?«

Lena schüttelte den Kopf. »Nichts.«

Es war klar, dass sie nicht reden wollte, also schaute Jojo nach draußen. Lenas Mutter hielt die Tüte mit Krapfen auf dem Schoß und teilte sie aus. Doch Lena schob die Hand ihrer Mutter weg.

Es schneite noch immer, und es waren viele

Streufahrzeuge unterwegs. Manchmal mussten sie eine Weile warten, bevor sie weiterfahren konnten.

Neben ihm blieb es still. Jojo gab es auf. Dann eben nicht.

Das Schweigen dauerte an. Ab und zu sagte Lenas Mutter etwas zu ihrer Tochter. Aber dem Klang von Lenas Stimme nach zu urteilen, war diese nicht gerade beglückt darüber.

Jojos Vater machte Musik an, und zusammen mit Jojo sang er ein paar alte Soulnummern. Jojo kannte die Hits, weil er mit ihnen groß geworden war.

»Papa was a rolling stone ...«, Quatsch, sein Papa hockte immer zu Hause rum.

Dann hörte Jojo in einer Pause zwischen zwei Liedern ein merkwürdiges Geräusch neben sich.

Es klang wie das Fiepen eines kleinen Kätzchens, doch es war Lena, die leise vor sich hin weinte. Sein Vater und Lenas Mutter hörten es nicht, es lief schon wieder ein neues Lied. Jojo legte vorsichtig den Arm um Lena.

Nach einer Weile war es vorbei. Sie sahen sich noch immer nicht an, aber Jojo durfte seinen Arm lassen, wo er war.

Als sie ausstiegen, lag schon eine dicke Schicht Schnee.

»Wir begleiten sie ins Haus, und dann müssen wir sofort wieder zurück«, sagte Jojos Vater.

Es war eiskalt im Haus. Lenas Mutter zündete gleich den Gasofen an und setzte Teewasser auf.

»Aber nur ganz kurz«, sagte Jojos Vater, und er ging hinter Lenas Mutter her, um ihr zu helfen.

Endlich sagte Lena etwas. »Schön war's. Ich habe herrlich geschlafen, und Bob hat sich lieb um uns gekümmert, als wir aufgewacht sind. Wir durften nichts tun. Er hat immerzu Späße gemacht, und selbst Mama musste lachen. Und jetzt ist das neue Jahr da. Aber wo werde ich sein, wenn es vorbei ist?«

»Bei mir«, sagte Jojo.

Ein kleines Lächeln erschien auf ihrem Gesicht. »Bob hat gesagt, dass wir öfter kommen dürfen.«

»Ganz bald«, sagte Jojo.

Jojos Vater hatte es wirklich eilig. »Wir gehen«, sagte er, nachdem er schnell seinen heißen Tee ausgetrunken hatte.

Sie fuhren weg, während Lena und ihre Mutter auf dem Bürgersteig standen und ihnen hinterherwinkten. Durch die Schneeflocken waren sie schon bald nicht mehr zu sehen, und Jojo hörte auf, durch die Heckscheibe zu spähen.

Sein Vater machte das Radio an. Die Fahrt würde schwierig werden. Alle gaben sich große Mühe, aber es war besser, zu Hause zu bleiben, wenn man nicht unbedingt unterwegs sein musste.

»Na ja, wir sind ja auf dem Heimweg«, sagte Jojos Vater und stellte das Radio leise.

»Warum sind sie nicht noch ein bisschen länger dageblieben?«, fragte Jojo. »Es ist doch sowieso keine Schule.«

»Bob hat es ihnen sogar angeboten, aber Lenas Mutter wollte nicht.«

»Ich kann mir nicht vorstellen, dass sie lieber in diese Bruchbude zurückwollte, als schön im Warmen in einem neuen Haus zu sein«, sagte Jojo.

»Wir können uns überhaupt nicht vorstellen, wie es ist, Lenas Mutter zu sein.«

Im Radio kamen Reporter zu Wort, die berichteten, wie schlimm es auf den Straßen im ganzen Land war.

»Vielleicht müssen wir uns irgendwo eine Unterkunft suchen«, sagte Jojo nervös.

»Wir schlafen zu Hause, mein Junge.«

»Gleich ist es zu spät.«

»Unsinn.«

Sie mussten sich jetzt wirklich ab und zu durch

den Schnee kämpfen, und bei einer Kreuzung wurden sie von einem Motorradpolizisten angehalten.

»Zunächst wünsche ich Ihnen natürlich ein gutes neues Jahr«, sagte der Polizist. »Aber Sie können erst weiterfahren, wenn der Schneepflug durch ist.«

»Ihnen auch ein schönes neues Jahr«, sagte Jojos Vater. »Und wie lange glauben Sie, dass wir warten müssen?«

»Das kann noch eine Weile dauern.« Aus dem Mund des Polizisten kamen kleine Wölkchen. »Ich hoffe, Sie haben warme Kleidung und etwas zu trinken dabei«, sagte er.

Sie hatten nur ihre Mäntel auf der Rückbank liegen. Als sie aus dem Auto ausstiegen, merkte Jojo erst, wie kalt es geworden war. Und es war ganz still. Aus weiter Ferne war das Heulen einer Sirene zu hören.

»Müssen Sie unbedingt weiterfahren?«, fragte der Polizist. »Die Schneeräummannschaft wird sich die größte Mühe geben, aber ich glaube, dass es für sie nicht ganz einfach ist.«

»Wir können schlecht hierbleiben«, sagte Jojos Vater.

Jojo und sein Vater stiegen wieder ein. Im Auto schien es wärmer zu sein, doch der Schein trügte.

Kurze Zeit später bibberten sie beide. Jojo rief zu Hause an, um zu sagen, dass es ein bisschen später werden würde. Glücklicherweise war der Anrufbeantworter an, und er brauchte nicht mit seiner Mutter zu sprechen.

Es hatte aufgehört zu schneien. Der Polizist hielt noch immer tapfer Wache.

»Sollen wir ihn nicht fragen, ob er sich zu uns setzen möchte?«, schlug Jojo vor.

Zuerst weigerte sich der Polizist, aber als Jojos Vater ihn bedrängte, gab er nach.

»Nur kurz aus dem Wind raus«, sagte er. Doch er fühlte sich offensichtlich nicht wohl. »Ich geh mal wieder raus. Ich sage Bescheid, wenn sie da sind.«

»Und dann schneiten wir ein«, sagte Jojo. »Das wird meiner Wolfsmutter nicht gefallen.«

»Wem?«, fragte sein Vater.

Jojo fühlte sich ertappt. »Das war ein Scherz.«

»Deine Mutter liebt dich sehr!«

»Weiß ich doch«, sagte Jojo.

Jemand klopfte an die Scheibe, und der Polizist bedeutete ihnen, dass der Schneepflug kam. Es dauerte noch eine Weile, aber dann konnten sie sich von dem Motorradpolizisten verabschieden.

Zum Glück wurde es ihnen bald wieder wohlig warm, doch die Heimfahrt dauerte sehr lange.

Jojos Mutter war heilfroh, als sie ankamen. »Ich habe gehört, dass der Norden des Landes vom Rest abgeschnitten ist. Ich dachte schon, ihr kommt heute nicht mehr nach Hause.«

21

Jojo rief seinen Opa und seine Omas an. Die Gespräche waren in Ordnung, außer als Opa fragte: »Ist dieses Mädchen denn noch immer da?«

Jojo schnauzte: »Ja, und ich hoffe, dass sie auch dableibt.«

Es war nicht böse gemeint von Opa, aber es dauerte trotzdem eine Weile, bis das Gespräch wieder in Gang gekommen war.

Jojo ging zu Simon, und sie machten mit Daan und einigen seiner Freunde eine Schneeballschlacht. Als er nach Hause kam, erwartete ihn sein Vater.

»Ich muss dir etwas sagen.«

Jemand ist gestorben, dachte Jojo. Oder Lena muss weg.

Doch es ging um Kwame und seinen Onkel. In aller Frühe waren sie zum Flughafen Schiphol gebracht worden. Sie mussten in ihr Heimatland zurück, das keine Heimat mehr für sie war.

»Lena ist bei Doortje, und ob du sie anrufen

würdest«, sagte sein Vater. »Hier ist die Nummer.«

Jojo rief Doortje auf ihrem Handy an, aber es war Lena, die ans Telefon ging. Er hörte Schluchzen im Hintergrund.

»Er durfte nur mit dem Rektor unserer Schule sprechen«, sagte Lena. »Das Flugzeug ist ganz früh losgeflogen. Er redete sehr komisch, hat der Lehrer gesagt. Wie ein Roboter.«

»Wie schrecklich«, sagte Jojo.

»Bald sind wir an der Reihe.«

»Nein«, sagte Jojo.

»Wenn du das sagst, wird es wohl so sein.« Da war die nüchterne Lena wieder.

»Ich gebe mir die größte Mühe, Lena«, sagte Jojo. »Ich kann doch auch nichts dafür.«

»Nein. Möchtest du Doortje sprechen?«

»Wenn es geht.«

Doortjes Stimme war ganz heiser vom vielen Weinen. »Er hat sich gerade so über den Schnee gefreut. Wir hatten vor, eine Fahrt mit dem alten Pferdeschlitten meines Onkels zu machen. Kwame hat sein Bibliotheksbuch noch nicht fertig gelesen, dabei fand er es so spannend. Und jetzt weiß er nicht mal, wie es ausgeht.« Sie musste weinen und gab Lena wieder den Hörer.

»Ich leg jetzt auf«, sagte Lena kurz angebunden. »Ich weiß sowieso nicht, was ich sagen soll.«

Jojo wusste es auch nicht. »Bist du mir böse?«

»Nein«, sagte Lena leise. »Ich habe Angst.«

Jojo hätte ihr am liebsten gesagt, dass sie keine Angst zu haben brauchte, doch das wäre gelogen gewesen.

Traurig ging Jojo zu seinem Vater zurück.

Jojo dachte immerzu an Kwame. Er sah ihn ständig vor sich, wie er in seiner Josefskleidung und mit seinem Josefsstab über eine kahle afrikanische Ebene irrte. »Hat jemand ein Hous für mich?«

Von Lena hörte er, dass Doortje Geld für eine Reise nach Afrika sparte.

Es fiel Jojo auf, dass Lenas Akzent wieder stärker geworden war. Ihr scharfes S war weicher als je zuvor. Er sagte lieber nichts darüber.

»Sonst ist alles normal«, sagte Lena am Telefon. »Der Schnee ist weg, es ist nichts mehr von ihm zu sehen. Genau wie von Kwame. Ich träume ständig davon, dass wir abgeholt werden. Dann sagen Leute, dass ich in mein altes Land gehe. Aber wenn ich aus dem Flugzeug steige, sind wir in Afrika. Sie wollen mir nicht glauben, wenn ich sage, dass es das falsche Land ist. Wann musst du wieder ins Krankenhaus?«

Jojo musste kurz umschalten. »Äh ... in einer Woche.«

»Und der Schuster?«

War das jetzt plötzlich das Gesprächsthema? Jojo war zu verdattert, um zu fragen, was sie eigentlich damit zu tun hatte. »Ich muss erst einen Termin ausmachen«, sagte er kurz.

»Dann tu das!«

Nach dem Telefonat mit Lena hatte Jojo auch wirklich vor, den Termin für »die Schuhe« zu machen.

Der Kontrolltermin im Krankenhaus dauerte diesmal nicht lange. Sie sprachen über sein Blut, und der Arzt meinte, dass es Jojo etwas besser gehe. Glücklicherweise wurden die Undinger mit keinem Wort erwähnt. Und dabei ließ Jojo es bewenden.

Als die Spiele wieder begannen, stand Jojo noch immer nicht an seinem angestammten Platz. Er machte beim Training mit, aber das war es auch schon. Manchmal konnte er Peter sogar Torwarttipps geben, ohne dabei vor Neid zu vergehen.

Nach einem solchen Training sagte der Trainer, dass er mit Jojo sprechen wollte. Simon ging schon mal nach Hause, Jojo und der Trainer gingen eine Cola in der Kantine trinken.

»Wie geht es dir?«, fragte der Trainer.

»Heute eigentlich ganz gut«, sagte Jojo. Und das war nicht einmal gelogen.

»Ich möchte dich etwas fragen«, sagte der Trainer, und Jojo dachte: Ich darf wieder ins Tor.

Doch darum ging es nicht, der Trainer fragte etwas anderes. »Ich bräuchte einen Assistenten. Jemand mit Köpfchen, der einen guten Einblick hat in das Spiel. Jemand, mit dem ein Trainer sich besprechen kann und der Fußball mag und schon durchblickt.«

»Was soll derjenige sonst noch machen?«, fragte Jojo.

»Mir beim Training helfen. Neben mir auf der Bank den Spielen zusehen. Jemand, dem ich wiederum später helfen kann, Trainer zu werden. Du könntest so jemand sein.«

»Aber ich will spielen«, sagte Jojo.

»Ich weiß. Dann eben nur so lange, wie das nicht geht.«

»Ich lasse mir demnächst Schuhe machen.«

Der Trainer nickte. »Aber das ist nicht alles, Jojo.«

»Und wenn es mir wieder besser geht?«, fragte Jojo. »Ich bin jetzt schon weniger müde.«

»Dann sehen wir weiter«, sagte der Trainer. »Denk über mein Angebot nach.«

»Ich brauche nicht darüber nachzudenken, ich mach's!«, sagte Jojo.

Es fühlte sich anders an, als er nach Hause ging. Als wären seine Schritte federnder. Da konnte man mal sehen, dass er gar keine Spezialschuhe brauchte!

Es gab ein paar Jungen, die ihn ein bisschen auslachten, doch die meisten fanden es eine gute Idee. Simon erzählte, dass Daan gesagt hätte, er könnte sich gut vorstellen, später Jojo als Trainer zu haben.

»Ich weiß, dass du lieber spielst«, sagte Peter, »aber ich lerne eine Menge von dir.«

»Mein Freund der Trainer«, sagte Simon. »Wirst du jetzt einen schicken langen Mantel tragen und laut brüllen, wenn wir spielen?«

Jojo fiel hin. Er erzählte allen, dass er über eine lose Gehsteigplatte gestolpert sei, aber er war einfach umgeknickt.

Woran es lag, wusste er selbst nicht, aber plötzlich fragte er seine Mutter doch, ob sie zum Schuster gehen könnten. Seine Mutter tat so, als sei es ganz normal, dass Jojo darum bat.

Im Wartezimmer saßen Leute mit den seltsamsten Schuhen an den Füßen. Zum Glück gab es auch Kinder mit Schuhen, die zwar anders waren als normale, aber trotzdem keinen allzu hässlichen Anblick boten. Scheinbar konnte man sie in allen Farben bekommen. Und niemand sah aus, als würde er unter seiner Spezialanfertigung leiden.

Als Jojo dran war, musste er seine Schuhe ausziehen, und seine Füße wurden vermessen und befühlt. Dann begann der angenehmere Teil der Prozedur. Frischhaltefolie kam um seine Füße, die mit Gipsbinden umwickelt wurde. Als der Gips hart geworden war, wurden die Binden vorsichtig aufgeschnitten.

Der Schuster zeigte Jojo, dass jetzt auf der Innenseite ein wunderschöner Abdruck seiner Füße war. »Damit machen wir ein Modell. Wir beeilen uns, sonst sind deine Füße wieder gewachsen. Sag mal, welche Farbe du haben möchtest.«

»Gold«, sagte Jojo.

»Das geht«, sagte der Schuster. »Alle Farben gehen, aber denk dran, dass du eine Weile mit den Schuhen herumlaufen wirst, und Gold könnte dir bald über werden. Ich kann sie auch so machen, dass sie so ähnlich aussehen wie Sportschuhe.«

Jojo schüttelte den Kopf. »Schwarz. Mit Stickereien, damit sie aussehen wie Motorradstiefel.« Er malte mit seinem Finger in die Luft. Doch der Schuster gab ihm ein Blatt Papier und einen Stift. Jojo zeichnete, was er sich vorstellte, und der Schuster sagte, dass das ginge.

»Und Fußballschuhe?«, fragte Jojo.

Der Schuster schaute auf seine Liste. »Die hat der Arzt nicht verschrieben.«

»Vielleicht können wir ein anderes Mal darüber reden«, sagte Jojos Mutter. »Erst mal diese Schuhe.«

Als sie wieder weggingen, war Jojo irgendwie erleichtert.

»Sollen wir bei Bob einen Kaffee trinken gehen?«, schlug seine Mutter vor.

Sie kauften unterwegs Kuchen, und als sie bei Bob ankamen, merkte Jojo, dass sie es im Voraus hinter seinem Rücken abgesprochen hatten.

»Es ist ein Sieg«, sagte Bob. »Ich finde es klasse von dir, dass du hingegangen bist.«

»Hm«, machte Jojo. Er fühlte sich unbehaglich. Maßgefertigte Schuhe hatten wenig mit einer Heldentat zu tun.

Bob erzählte noch, dass seine ersten Gäste in den Winterferien kommen würden. »Ich fange ganz langsam an, mit ein paar Freunden aus Brügge. Was sie hier wollen, ist mir allerdings ein Rätsel, dort ist es nämlich viel schöner. Aber ich freue mich schon. Kommst du mir dann helfen?«

Die Frage war an Jojos Mutter gerichtet, und sie lachte nur leise. »Ich helfe dir doch schon lange.«

22

Es ging auf die Winterferien zu, und Jojo hatte sich schon fast an seine neue Rolle als Hilfstrainer gewöhnt.

Peter wurde immer besser im Tor. Aber zum Glück für Jojo wurde er auch nicht allzu gut, so dass die anderen aus der Mannschaft ab und zu sagten, dass sie sich danach sehnten, dass er wieder im Tor stand.

Eines Nachmittags, als Jojo sich mit Peter unterhielt, fragte der: »Warum hast du dich eigentlich Jojo genannt? Als ich dich kennengelernt habe, war dein Name noch Johan.«

»Ich fand einfach, dass es schöner klingt«, antwortete Jojo.

»Ein Jojo geht schnell hoch und runter«, sagte Peter, der also bei Weitem nicht so träge war, wie alle dachten. Denn genau das war der Sinn der Sache gewesen. Zusammen mit seinem kranken Körper hatte sich »Johan« schwer und plump angehört. Ein Jojo hingegen sprang und hüpfte herum.

Herr S verhielt sich schon eine Weile ruhig. Es gab sogar Momente, in denen Jojo fast vergaß, dass er überhaupt existierte. Einmal meldete er sich noch zu Wort. Genau als Jojo schlafen gehen wollte.

Hallo, Freundchen. Hattest du mich vergessen?

Wenn das nur ginge.

Tja, ich dich aber nicht.

Herr S hing noch eine Stunde bei ihm herum, doch dann machte er sich wieder davon.

Mit den neuen Tabletten macht es keinen Spaß mehr.

Als Lena wieder einmal anrief, ging es ihr nicht so gut.

»Der Anwalt hat gesagt, dass wir es in den nächsten zwei Monaten erfahren.«

»Dann sind es bestimmt gute Neuigkeiten«, sagte Jojo. »Kwame ist immerhin nicht vorgewarnt worden.«

Doch Lena war sehr niedergeschlagen und wollte keine aufmunternden Worte hören. Jojo versuchte es mit ein paar Scherzen, aber sie sagte: »Ich bin nicht in den Stimmen, Jojo!«

»In der Stimmung«, sagte Jojo.

»Whatever«, sagte sie. Mit ihrem Englisch war jedenfalls alles in Ordnung!

Als Jojo eine Bemerkung darüber machte, antwortete Lena, dass man Englisch zumindest überall sprach, was sollte man auch mit Niederländisch anfangen, wenn man doch nicht in den Niederlanden blieb. »So eine doofe Sprache spricht sowieso niemand. Und jetzt ist meine bescheuerte Mutter auch noch mit unserer bescheuerten Nachbarin zum bescheuerten Niederländischkurs gegangen. Außerdem musst du mich anrufen, weil es zu teuer ist, wenn ich anrufe. Und dann streiten meine Mutter und ich uns wieder.«

Jojo sprach mit seinem Vater darüber: »Ich weiß nicht mehr, was ich sagen soll.«
»Frag sie, ob sie uns in den Ferien besuchen kommt«, sagte sein Vater. »Wenn ihr euch seht, ist alles viel einfacher.«

»Aber ich arbeite dann bei Bob«, sagte Jojos Mutter, als sie davon hörte. Jojos Vater fragte sie, ob sie meinte, dass er nicht für alles sorgen könne. »Lena soll ruhig kommen, wir kriegen das hin. Du wolltest doch, dass ich mehr mit Jojo unternehme?«

Lena fand es schön, für ein paar Tage zu kommen. »Die Nachbarin ist viel mit meiner Mutter unterwegs, und Doortje hat einen neuen Freund.

Klaas heißt er. Sie hat gesagt, dass Kwame zwar der Allerliebste ist, dass Klaas aber zumindest nicht weggeht. Möchtest du auch lieber eine Freundin haben, die nicht weggeht?«

»Ich will dich«, sagte Jojo. »Und du bleibst auch hier. Bringst du deinen Badeanzug mit? Papa hat gesagt, dass wir ins Spaßbad gehen.«

Kurz vor den Winterferien bekamen sie einen Anruf, dass die Schuhe fertig seien.

»Endlich«, seufzte Jojos Mutter. »Dann haben wir diese Hürde auch wieder genommen. Jetzt bist du dran, du musst dich bestimmt erst daran gewöhnen.«

»Wieso?«, fragte Jojo.

»Na ja ... Neue Schuhe sind am Anfang immer ein bisschen komisch, und diese sind überhaupt anders.«

Bei Jojo sträubte sich wieder alles. »Wenn sie nicht passen, ziehe ich sie eben nicht an.«

»Das musst du selbst wissen«, sagte seine Mutter. »Ich halte mich da raus.«

»Es sind *meine* Füße«, sagte Jojo. »Ich wollte mich mal um mich selbst kümmern, ihr haltet euch raus.«

»Genau«, sagte Jojos Mutter. Sie streckte sich, als wäre sie eine Katze, und ging aus dem Zimmer.

Jojo blieb höchst überrascht zurück. Wo war die Wolfsmutter geblieben?

Sie waren beim Schuster, um die neuen Schuhe abzuholen.

Diesmal war sein Vater mitgegangen, und das war ein Glück. Seine Mutter hätte sofort besonders fröhlich getan. Aber Jojos Vater schien sich genauso zu erschrecken wie Jojo, als er die Schuhe sah.

»Mir war nicht klar, dass sie einen so hohen Schaft haben«, sagte Jojo.

»Sonst hat es keinen Sinn«, sagte der Schuster. »Deine Knöchel sollen ja schließlich auch Halt haben.«

»Und so breit?«, fragte Jojos Vater. Jojo hatte vor lauter Elend die Stimme verloren.

»Seine Füße brauchen das. Lass es uns mal versuchen«, sagte der Schuster. »Ich helfe dir, am Anfang ist das Leder ziemlich steif.«

Die Schuhe reichten bis weit über die Fußknöchel, und Jojos Traum von schnellen Fußballschuhen war bald ausgeträumt. Das hier waren Bleikisten mit Schnürsenkeln dran.

»Steh mal auf«, sagte der Schuster.

Jojo versuchte es, aber sie fühlten sich anders an, als Schuhe sich je angefühlt hatten.

»Es geht nicht.«

»Halt dich an meinen Händen fest.«

Jetzt standen der Schuster und Jojo einander gegenüber. »Ich gehe rückwärts und du vorwärts«, sagte der Schuster. Sie machten einen Schritt.

»Ich falle!«, sagte Jojo.

»Keine Sorge, ich halte dich fest.«

Noch ein Schritt.

»Sie sind zu eng. Meine Füße sind gefangen.«

»So soll es auch sein. Du bist zu lange in den falschen Schuhen herumgelaufen, und jetzt ist der Stand deiner Füße wieder so, wie er sein soll. Spürst du irgendwo Druckstellen? Wenn ja, kann ich das ändern.«

Jojos Füße waren eine einzige große Druckstelle. »Damit kann ich wirklich nicht gehen.«

»In einer Weile wirst du froh sein, dass du sie hast«, sagte der Schuster. »Übe einfach zu Hause in aller Ruhe, und wenn sie wirklich drücken sollten, rufst du an. Auch wenn du rote Stellen an deinen Füßen siehst.«

Jojo hatte das Gefühl, dass seine Füße jetzt schon grün und blau waren. »Darf ich sie jetzt ausziehen?«

Er nahm die Mistdinger in einer weißen Plastiktüte mit schwarzen Punkten mit.

Zusammen mit seinem Vater übte er noch eine

Weile, doch schon das Schuhanziehen kostete ihn so viel Kraft, dass Gehen wirklich vollkommen unmöglich war.

»Wir machen morgen weiter«, sagte sein Vater. »Nimm sie mit in dein Zimmer, und wenn du dich traust, übst du. Da guckt dir niemand auf die Finger.«

»Auf die Füße«, sagte Jojo und nahm die Schuhe mit nach oben.

Er hatte die Undinger in ihrer Tüte unter seinen Schreibtisch gestellt. Doch Jojo wusste, dass sie da auf der Lauer lagen.

Noch mal probieren?, fragte Herr S höhnisch.

Morgen war auch noch ein Tag.

Als seine Mutter nach Hause kam, wollte sie die Schuhe gleich sehen.

»Sie sind ...«

»Riesig«, sagte Jojo.

»Ich wollte stark sagen.«

»Du machst immer etwas draus, was es nicht ist«, sagte Jojo. »Papa fand sie furchtbar, ich habe es ihm angesehen. Er ist wenigstens ehrlich.«

»Dann ist es ja gut, dass dein Vater dabei war.«

»Ja«, sagte Jojo. »Wo warst du eigentlich?«

»Bei Bob. Ziehst du die Schuhe noch an?«

»Morgen.«

»Gut«, sagte sie. »Kommst du dann gleich zum Essen?«

An diesem Abend wurde nicht mehr von den Schuhen gesprochen. Und das war lieb von seinem Vater und von seiner Mutter.

Aber Jojo konnte nicht schlafen.

Morgen früh würde er sie gleich anziehen. Noch kurz üben, bevor er in die Schule ging. Und noch einmal, wenn er nach Hause kam. Das versprach er sich selbst.

Aber er konnte noch immer nicht schlafen.

Jojo schaltete das Licht an und stand auf. Er holte seine Schuhe aus der Tasche und sah sie sich noch einmal gründlich an.

Er konnte erkennen, dass der Schuster sich wirklich Mühe gegeben hatte. Die Stickereien waren schön, und die Haken für die Schnürsenkel funkelten ihn silbern an. Wenn er farbige Schnürsenkel hineintat, würden die Schuhe vielleicht sogar gut aussehen.

Er stellte seinen Stuhl vor sein Bett und schob mühsam den rechten Fuß in den Schuh. Es war schwer. Und jetzt den linken Fuß, das ging schon besser.

Warum hatte er nur keinen Klettverschluss genommen?

Weil Staub daran kleben bleiben und er nicht mehr schließen würde. Weil Schnürsenkel besser waren. Das war ihm schon klar.

Doch jeder Schuh hatte mindestens acht Haken, und das war eine ziemliche Arbeit für seine ohnehin gequälten Finger.

Schließlich hatte er es geschafft. Aber Jojo war auch geschafft. Woher nahm er nur den Mut aufzustehen?

Mit einem Ruck hoch und den Stuhl festhalten. Er stand auf den Beinen, aber mehr auch nicht. Jetzt einen Fuß hochheben und wieder auf den Boden stellen. Dasselbe mit dem anderen Fuß.

Und dann die Hände loslassen – und stehen bleiben. Jojo hatte das Gefühl, dass sein Oberkörper hin und her schwankte wie bei einem Stehaufmännchen. Er kam sich vor wie ein Zirkusartist. »Und nun, meine Damen und Herren, wird der Zirkusjunge Jojo der Pojo Ihnen seine Kunststücke vorführen!«

Er machte einen Schritt und dann noch einen. Die Arme weit geöffnet, um das Gleichgewicht zu halten.

Drei Schritte, vier Schritte. Tür auf, Flurlicht

an. Vier wummernde Schritte bis zum Treppengeländer und festhalten.

»Ich kann gehen!«

Die Augen seines Vaters leuchteten. Er war noch nicht ins Bett gegangen, im Gegensatz zu Jojos Mutter, die schon lange schlief.

»Und jetzt die Treppe runter«, sagte Jojo. »Gehst du vor mir her, um mich aufzufangen?«

»Du fällst nicht«, sagte sein Vater. »Jojos springen immer wieder hoch. Aber leg dich erst mal schlafen, du hast noch einen letzten Schultag vor dir. Treppensteigen kannst du später üben.«

23

Als Simon am nächsten Tag zu Jojo nach Hause kam und die neuen Schuhe sah, wusste er einen Moment lang nicht, was er sagen sollte.

»Ganz schön groß, was?«, sagte Jojo.

»Zieh sie mal an«, bat ihn Simon.

Jojo quälte sich mit den Schnürsenkeln ab.

»Soll ich dir helfen?«, fragte Simon. Doch Jojo machte einfach weiter, und als die Schnürsenkel zu waren, sagte er: »Ich muss es ja doch lernen.«

Klonk, klonk, so klangen seine Schritte.

»Sollst du so mit den Armen rudern?«, fragte Simon. »Du siehst aus wie ein kleines Flugzeug.«

»Nein.« Jojo wollte seine Schuhe wieder ausziehen.

»Lass sie doch an, ich muss kurz zum Supermarkt gehen. Kommst du mit?«

»Und wenn ich hinfalle?«, fragte Jojo.

»Aber mit den Schuhen solltest du doch weniger oft hinfallen?«

Jojo war mit den neuen Schuhen noch nicht draußen gewesen, und alle würden ihn anstarren.

»Das sind wir doch gewohnt«, sagte Simon.

Das stimmte. Am Anfang, als Jojo gerade krank geworden war, saß er oft im Rollstuhl. Jojos Mutter schob ihn meistens, und Simon ging neben ihm her.

Einmal hatte Jojo Geld von einem wildfremden Mann bekommen. »Für ein Eis«, hatte dieser gesagt und war in der Menschenmenge verschwunden, bevor sie etwas sagen oder tun konnten. Jojos Mutter hatte das Geld gleich einem Bettler weitergegeben.

Ein anderes Mal passierte etwas, was Jojo nie jemandem erzählt hatte. Seine Mutter hatte in eine Buchhandlung gehen wollen, aber der Eingang war zu schmal gewesen und Jojo war draußen in der Sonne sitzen geblieben und hatte absichtlich lange zurückgeschaut, wenn Leute ihn anstarrten.

Da war eine alte Frau zu ihm gekommen und hatte mit ihrem Zeigefinger ein Kreuz auf seine Stirn gemalt. »Du bist gesegnet, Schätzchen«, hatte sie gesagt. Auch sie war schnell wieder verschwunden.

Später dachte Jojo: Das ist nicht wirklich passiert, ich habe es mir nur eingebildet.

Also hatte Simon recht, und Jojo ging mit zum Supermarkt um die Ecke.

Simon bot ihm noch an, seine Hand zu halten, doch das fand Jojo ein bisschen übertrieben. Und eigentlich ging es sogar. Nach einer Weile brauchte er nicht mehr so mit den Armen zu rudern, und fürs Erste guckten die meisten Leute vor sich hin und nicht auf Jojos Füße. Und wenn doch mal jemand schaute, dauerte es nie allzu lange.

»Niemand kippt um vor Schreck«, sagte Simon. »Merkst du, dass du schon besser gehen kannst?«

»Ein bisschen.«

»Wann kommt Lena?«, fragte Simon.

»Morgen.«

»Schön«, sagte Simon.

Jojo hatte Lena die letzten Tage vergessen wollen. »Kommst du mit zum Spaßbad?«

Simon nickte. »Dein Vater hat mich schon gefragt. Ich habe ihn gestern zufällig getroffen. Und jetzt muss ich nach Hause.«

»Ich auch«, sagte Jojo. »Ich will meine Schuhe ausziehen, ich darf sie am Anfang nicht zu lange tragen.«

Komisch, nach den festen Schuhen mit dem hohen Schaft fühlten sich seine normalen Schuhe jetzt sehr merkwürdig an. So kam man aber auch nie zur Ruhe!

Jojo und sein Vater aßen an diesem Tag allein zu Abend. Jojos Mutter war wieder einmal bei Bob.

»Vielleicht verlässt sie uns noch und zieht bei Bob ein«, sagte Jojo.

Sein Vater musste ein bisschen lachen. »Dann hätte sie das schon längst gemacht. Es macht ihr Spaß, endlich mal was anderes zu machen. Und die Gäste kommen heute Abend an. In den Ferien soll es übrigens wieder Frost geben.«

Als Jojos Mutter nach Hause kam, sagte sie: »Bob ist heute Abend auf einmal ganz aufgeregt gewesen, aber dann hat alles doch gut geklappt.«

»Möchtest du nicht lieber bei Bob wohnen?«, fragte Jojo.

»Meinst du mich?«

»Ja. Vielleicht gefällt er dir ja besser als wir.«

»Ich kenne Bob schon, seit ich zwanzig war«, sagte sie. »Und ich habe nie die geringste Anwandlung verspürt, zu ihm zu gehen. Ich gehöre hierher, zu deinem Vater und zu dir.«

»Ja, aber plötzlich machen Papa und ich die Dinge, die du sonst immer mit mir gemacht hast.«

»Ich dachte, du freust dich, deine Wolfsmutter los zu sein!«

Jojo fühlte sich ertappt.

»Ich habe dich über mich schimpfen hören, weißt du«, sagte seine Mutter.

»Und wenn mir etwas ganz Schlimmes zustößt?«, fragte er.

»Dann ist die Wölfin wieder da«, sagte sie. »Augenblicklich. Darum brauchst du dir keine Sorgen zu machen. Ich bin übrigens stolz auf dich, dass du die neuen Schuhe trägst.«

»Ich auch«, sagte Jojo. »Bist du überhaupt da, wenn Lena ankommt?«

»Wir gehen sie zusammen vom Bahnhof abholen. Ich freue mich, sie wiederzusehen!«

»Ja«, sagte Jojo. Doch er spürte eine seltsame Unruhe. Und die hatte nichts mit Schuhen, Tabletten, Herrn S oder Fußball zu tun. Aber auch nicht mit Verliebtheit in ein Mädchen mit einem seltsamen Akzent, wenn es Niederländisch sprach – redete er sich jedenfalls ein.

Gemeinsam erwarteten Jojo und seine Mutter Lena, die aus dem Zug steigen sollte. Er fühlte sich mit den Schuhen schon sicherer als am Tag zuvor. Ob sie etwas darüber sagen würde?

Es dauerte eine Weile, ehe sie Lena sahen. Sie bemerkten sie erst, als sie dicht bei ihnen war.

»Ihr habt mich nicht erkannt«, sagte sie und guckte stolz.

Sie hatte ihr Haar abgeschnitten. Ein bisschen wie ein Junge sah sie jetzt aus.

»Du bist ganz anders geworden«, sagte Jojo.

»Meine Mutter war sauer. Doortjes Mutter hat mir die Haare geschnitten. Erst hat sie mich gefragt, ob sie darf, und ich fand es eine gute Idee.«

»Es sieht richtig hübsch aus«, sagte Jojos Mutter. »Wie geht es deiner Mutter?«

»Sie lernt endlich Niederländisch und Fahrrad fahren. Jetzt, wo es fast nicht mehr nötig ist.«

»Wer sagt das?«, fragte Jojos Mutter.

»Das glaube ich«, sagte Lena. »Und sie hat euch einen Kuchen gebacken. Selbst isst sie keinen, weil sie findet, dass sie hier zu dick geworden ist.«

»Na, du dürftest jedenfalls ein bisschen zunehmen«, sagte Jojos Mutter. »Du wirst mager.«

Sie stellten Lenas Gästebett dicht neben Jojos Bett.

Jetzt erst sah Lena Jojos Schuhe. »Ich hatte sie nicht mal bemerkt, sie sind schön.«

»Du brauchst nicht zu lügen«, sagte Jojo. »Ich weiß selbst, dass sie komisch sind.«

»Kannst du gut damit gehen?«

»Ich muss mich noch dran gewöhnen, aber es geht immer besser.«

»Wir beide sind zur gleichen Zeit anders geworden«, sagte Lena. Und ihr scharfes S war weicher denn je.

Als sie wieder unten waren, aßen sie ein Stück von dem Kuchen. Lena hatte einen gesunden Appetit. »Ich könnte den ganzen Tag lang essen«, sagte sie.

»Du hast also nicht damit aufgehört«, sagte Jojos Mutter.

»Warum sollte ich?«, fragte Lena erstaunt. »Doortjes Mutter meint, dass ich vor lauter Nervosität so mager werde.«

»Ist Doortjes Mutter Ärztin?«, fragte Jojos Mutter. »Warst du schon mal beim Arzt?«

»Vielleicht hast du einen Bandwurm«, sagte Jojo.

»Was ist das?«, fragte Lena, und als sie hörte, dass es ein Tier im Darm ist, gruselte sie sich. »Die gibt es bei uns nicht.«

»Natürlich nicht. Und auch keine Wespen und Mücken und Schlangen. Nur Schmetterlinge und Marienkäfer«, sagte Jojo.

»Hör auf damit«, sagte seine Mutter.

»Dort ist aber immer alles besser als hier.«

»Nicht alles«, sagte Lena leise. »Und ich war schon beim Arzt. Ich habe nichts.«

»Ich aber schon«, sagte Jojo, und sofort wurde ihm ganz warm vor Scham. Glücklicherweise klingelte es an der Tür, und er konnte aufstehen und weggehen.

Es war Simon. Lena und er begrüßten sich wie alte Freunde, obwohl Simon ein komisches Gesicht machte, als er Lenas neuen Haarschnitt sah.
»Meine Mutter fragt, ob ihr alle zum Essen in die Eisdiele kommen wollt. Morgen oder so, dann ist ab sechs Uhr geschlossen.«
»Gern«, sagte Jojos Mutter. »Hast du Lust, Lena? Du bist schließlich der Gast.«
»Ja, gern«, sagte Lena.

Sie hingen ein wenig in Jojos Zimmer herum. Simon und Lena redeten, und Jojo sah und hörte ihnen zu. Nicht nur Lenas Haare und ihre Aussprache waren anders geworden. Sie guckte auch viel trauriger als am Anfang.
»Wisst ihr endlich, ob ihr hierbleiben dürft?«, fragte Simon plötzlich.
»Fast«, sagte Lena. »Der Anwalt sagt, dass wir es jetzt jeden Tag erfahren können.«
Wie auf Absprache seufzten sie alle drei gleichzeitig.
»Wir könnten euch in unserem Vorratsschrank

verstecken«, sagte Simon. »In unserem Kühlraum ist es ein bisschen kalt.«

»Ach, das ist Lena gewohnt«, sagte Jojo. »Bei ihr zu Hause ist es sowieso viel kälter als hier.«

»In diesem Haus gibt es keinen Keller. Hier müsste sie sich auf dem Dachboden verstecken«, fuhr Simon unbeirrt fort.

»Ich möchte lieber nicht darüber reden«, sagte Lena. »Hast du neue Computerspiele, Jojo?«

Sie hockten eine Weile am Computer, bis Simon nach Hause musste.

An diesem Abend wollte Lena im Wohnzimmer fernsehen. Sie setzte sich zwischen Jojo und seine Mutter aufs Sofa. Zum Glück war es ein lustiger Film, und es wurde viel gelacht.

Danach kam ein Film über eine große Familie. Die Hochzeit der ältesten Tochter wurde gezeigt. Alle Frauen kochten und backten für das Fest.

»Genau wie bei meiner Oma zu Hause«, sagte Lena, als der Film zu Ende war. »Später will ich eine große Familie haben. Ein Einzelkind zu sein ist nicht schön.«

»Nein«, sagte Jojo. »Ich möchte auch fünf Kinder haben.«

»Hoppla! Fünf Enkel«, sagte seine Mutter.

»Und wenn einer krank wird, macht das gar nichts«, sagte Lena. »Solange nur niemand weggeschickt wird.«

Sie wurden alle ganz still.

Später, als sie schlafen gingen, sagte Jojo: »Jetzt erzähle ich dir eine Geschichte.«

Das Licht war schon aus, also traute er sich.

»Es war einmal ...«, begann Jojo. »Nein, es waren einmal. Es waren einmal ein Herr S und ein Sohn S. Herr S war spezialisiert auf allerlei Schmerzen und Beschwerden, und Sohn S wurde von seinem Vater ausgebildet auf dem Gebiet von ... äh ...«

»Auch von Schmerzen, aber anderen«, sagte Lena.

»Ja.« Jojo war ihr dankbar, weil er einfach angefangen hatte zu erzählen, ohne zu wissen, wie die Geschichte weitergehen sollte.

»Sohn S«, sagte Lena, »war ganz von selbst schrecklich gemein. Er war zuständig für Schmerzen, wenn man sich streitet und Abschied nehmen muss.«

»Und für Liebeskummer«, sagte Jojo. »Liebeskummer brachte Sohn S zum Lachen.«

»Genauso wie der Tod«, sagte Lena. »Den Tod fand er überhaupt am allertollsten. Sohn S saß bestimmt in einer Ecke und lachte sich ins Fäustchen, als mein Vater starb. Ich kannte ihn noch nicht, aber er kannte mich.«

»Warst du dabei?«, fragte Jojo.

»Nein, sie haben ihn im Wald gefunden, und ich durfte ihn nicht mehr sehen. Als er tot war, wollte meine Mutter weggehen. Aber ich darf nicht erzählen, wie das gegangen ist.«

»Später auch nicht?«, fragte Jojo.

»Vielleicht.«

»Herr S und sein ekliger Sohn können auch Fehler machen«, sagte Jojo. »Weil sie vergessen haben, wie es geht, jemandem Schmerzen zuzufügen.«

Lena hielt Jojo ihre Hand hin. Er nahm sie, und so blieben sie liegen. Lena schlief schnell ein, Jojo jedoch nicht.

Irgendwann zog er seine Hand zurück. Als Lena im Schlaf ängstlich aufschrie, nahm Jojo ihre Hand wieder.

24

Am nächsten Morgen wachte Jojo von dem Gelächter auf, das von unten hochkam. Bob war zu Besuch.

Lena schlief noch tief, also ließ er sie schlafen. Ihr Köpfchen wirkte durch das kurze Haar noch kleiner als vorher, und er gab ihr unvermittelt einen Kuss.

Sie durfte nicht weggehen. Sie musste hierbleiben.

Er nahm seine Tabletten und sah sich seine Hände gründlich an. Es schien fast, als wären seine Fingerknöchel dünner geworden. Sie schmerzten auch weniger als zuvor.

Alles nur Einbildung, sagte Herr S.

Glaub ich nicht!

Jojo schnippte mit den Fingern, und zum ersten Mal seit Langem ging das wieder, ohne dass er gleich zusammenzuckte.

Morgen tut's wieder weh, sagte Herr S.

Alter Nörgler!

Leise pfeifend stieg Jojo die Treppe hinunter.

Sein Vater und seine Mutter frühstückten noch, und Bob trank eine Tasse Tee mit ihnen.

»Musst du dich nicht um deine Gäste kümmern?«, fragte Jojo.

»Sie sind schon unterwegs. Ich geh gleich mit deiner Mutter auf dem Markt einkaufen. Gut siehst du aus, Jojo.«

»Mir geht's auch gut«, sagte Jojo. »Vielleicht kann ich in einer Weile wieder Fußball spielen.«

»Kommt ihr mit auf den Markt?«, fragte Jojos Mutter. »Da müssen wir zwar ein ganzes Stück zu Fuß gehen, aber wir könnten einfach deinen Rollstuhl mitnehmen.«

»Ich kann sehr gut gehen«, sagte Jojo.

»Und wenn du unterwegs müde wirst?«, nervte ihn seine Mutter weiter.

»Ich werde nicht müde.«

»Wie du meinst. Ich gehe Lena wecken.«

Als sie aus dem Zimmer gegangen war, sagte sein Vater: »Es wäre vielleicht ganz praktisch, nicht allzu müde zu sein, wenn wir morgen ins Schwimmbad wollen.«

Jojo gab nach. »Nehmen wir den Rollstuhl eben mit, aber er bleibt im Kofferraum. Am Anfang geh ich zu Fuß. Erst wenn ich es wirklich nicht mehr schaffe, setze ich mich rein. Du hast es selbst gehört: Dr. Wieland meint, dass es mir schon viel besser geht.«

»Das hat er gesagt, ja«, musste sein Vater zugeben. »Bist du trotzdem ein bisschen netter zu deiner Mutter?«

»Sie ist immer so übertrieben fürsorglich.«

»Ich habe dich gebeten, nett zu sein.«

»In Ordnung.«

»Das wäre also abgemacht«, sagte Bob.

Der Rollstuhl war staubig geworden, und Jojo war froh, dass das Mistding vorerst im Kofferraum des Autos blieb.

Lena gefiel es gut auf dem Markt. Vor allem, als Bob beim Gemüsehändler zu handeln begann und es ihm sogar gelang, den Preis zu drücken.

»Das haben wir früher auch immer gemacht. Bei uns gibt es eine Menge kleiner Märkte, aber da verkaufen sie fast keine Orangen oder Salat, sondern Zwiebeln, Peperoni und Paprika. Und *solche* Tomaten.« Sie deutete den Umfang einer Grapefruit an.

»Und im Herbst gibt es leckere Pilze.«

Jeder von ihnen aß eine Frühlingsrolle, und Bob kaufte Hering für zu Hause. Er hatte sogar extra eine Kühltasche mitgenommen. Lena durfte probieren, doch nach dem ersten Bissen sagte sie: »Bei uns machen sie etwas anderes damit.«

»Wie geht es dir?«, fragte Bob Jojo, als sie einen Augenblick allein waren, weil Lena und Jojos Mutter bei einem Schmuckstand stehen geblieben waren.

»Gut. Haben wir noch viel zu tun?«

»Wir müssen noch zum Bäcker und danach Blumen kaufen.«

Das war mehr, als Jojo gehofft hatte. Er war gut zu Fuß, das war nicht das Problem. Aber er wurde allmählich müde.

»Ich kann kurz zum Auto gehen«, sagte Bob. »Dann lege ich gleich die Einkäufe rein.«

»Wegen mir muss das nicht sein«, sagte Jojo. »Ich halte noch eine Weile durch.«

»Schau mal, was ich bekommen habe«, sagte Lena. »Die ziehe ich nie mehr aus.« Es war eine rote Kette mit einem Glasherz. »Bist du müde?«, fragte sie, als sie zusammen weitergingen.

»Nein.«

»Du lügst.«

Jojo war zu müde, um ihr zu widersprechen.

Den Rest des Tages verbrachte er wieder auf dem Sofa. Aber glücklicherweise rieb ihm niemand unter die Nase, dass es seine eigene Schuld war.

Jojo ging sehr früh schlafen, während Lena noch lange unten blieb. Jojo wollte nicht, dass sie sich neben ihn aufs Bett setzte, wie sie es angeboten hatte.

Als Lena nach oben kam, wachte Jojo kurz auf. »Hallo«, sagte er.

»Dummer, naseweißer Jojo«, sagte sie lieb. »Ich weiß, dass es naseweis heißt, aber weiß klingt echter.«

Mitten in der Nacht musste Jojo auf die Toilette. Die Schmerzen waren verschwunden und die Müdigkeit auch, merkte er.

Zwei zu null für mich!

Okay, diesmal hast du gewonnen, sagte Herr S. *Aber das nächste Mal bin ich wieder an der Reihe.*

Jojo stand in seiner Badehose vor dem Spiegel. Er sah wirklich anders aus als letzten Sommer. Seine Knie waren nur ein bisschen geschwollen und zum Glück nicht mehr so rot. Endlich konnte er sich wieder blicken lassen, wenn er fast nackt sein musste. Hier stand ein Junge, der etwas hatte, doch man sah ihm nicht gleich an, was es war.

Ja, ja, wir haben es ja schon verstanden, sagte Herr S. *Deine Medikamente wirken. Fragt sich nur, für wie lange ...*

Halt die Klappe. Ich geh schwimmen.

Jojo wusste, dass sein Vater Spaßbäder hasste, also ließ er ihn beim Frühstück deutlich merken, wie toll er es fand, dass er mitging.

»Und wenn ich mitkommen würde, würdest du es ganz normal finden«, sagte seine Mutter.

Sie klang eifersüchtig.

»Du kommst doch fast immer mit. Möchtest du jetzt auch mitkommen?«

»Nein«, sagte sie. »Heute werde ich den ganzen Tag lesen.«

Lena schaute vom einen zum anderen. »Ich war noch nie in einem Spaßbad«, sagte sie.

»Gibt es so was bei euch denn nicht?«, fragte Jojo.

»Nein. Wir sind immer nur im See geschwommen. Es gab kein Hallenbad in der Nähe.«

Immer musste man sich in so einem Schwimmbad von Neuem daran gewöhnen. Erst fand man den Lärm unerträglich, dann achtete man nicht mehr darauf. Außer Jojos Vater. Er blieb eine Weile mit ihnen im Wasser, dann fragte er, ob es in Ordnung sei, wenn er sich ins Café setzte.

»Klar«, sagte Jojo. »Spendierst du uns dann gleich was?«

»Natürlich«, sagte er und ging in den Raum, wo es etwas stiller war.

Lena gefiel es sichtlich gut. Die Rutschbahn hoch und wieder runter. Das Sprungbrett war ein einziger großer Spaß für sie. Sie konnte nicht genug davon bekommen, immer wieder ins Wasser zu hüpfen und Kopfsprünge zu machen. Simon und Jojo konnten nicht mit ihr mithalten.

Als die Jungs sich bei Jojos Vater unter einer Plastikpalme mit Plastikbananen ausruhten, sagte Simon: »Als wäre sie ein Flummi.«

Kurze Zeit später kam Lena auch zu ihnen. »Springen hat mir noch nie so viel Spaß gemacht«, sagte sie. Ihr Gesicht strahlte über ihrem roten Badeanzug. »Wer kommt gleich zu dem ganz hohen mit?« Sie deutete auf den Zehnmeterturm. Der stand in einer Ecke mit tiefem Wasser. Die Ecke war mit einem Seil abgetrennt, damit man nicht auf andere Schwimmer sprang.

»Auf keinen Fall«, sagte Simon.

»Vielleicht«, sagte Jojo.

»Traust du dich nicht?«, fragte Lena.

»Mir wird ganz unheimlich«, sagte Jojos Vater. »Bist du sicher, dass du das machen willst, Lena?«

»Hier ist es endlich erlaubt«, sagte sie, und dagegen konnte niemand etwas einwenden.

Jojo und Simon trabten hinter ihr her, als Lena zum Sprungturm ging und hochstieg.

»Hoch!«, rief sie, und Simon rief zurück: »Du siehst so klein aus!«

Lena zögerte keinen Moment und sprang. Eine leuchtend rote Flamme unterwegs zum Becken. Kurz bevor sie unter Wasser verschwand, fing das Glasherz an ihrer Kette genau das Kunstlicht ein.

Sie lachte überschwänglich, als sie wieder auftauchte. »Ich springe noch mal!«

Sie sprang noch viermal, und die ganze Zeit über standen Jojo und Simon da und sahen tatenlos zu.

Inzwischen waren sie nicht mehr allein in dieser Ecke. Ein Junge und ein Mädchen, die etwa siebzehn Jahre alt waren, sprangen ebenfalls vom Zehnmeterturm. Und der Junge zeigte Lena, wie man aus einer solchen Höhe einen Kopfsprung macht. Auch das traute sie sich.

Das Mädchen kam aus dem Wasser und erzählte, dass ihr Freund Kunstspringer sei. »Mir ist es eigentlich ganz unheimlich«, gestand sie. Jojo erzählte ihr, dass sie ganz ihrer Meinung waren.

Der Junge machte jetzt immer schwierigere Sprünge, und Jojo bemerkte Lenas bewundernde Blicke. Doch ihre eigenen Sprünge wurden auch immer besser.

Nun kamen sie beide an den Rand.

»Du hast Talent«, sagte der Junge zu Lena. »Komm doch zu uns in den Verein.«

»Das würde ich ja gern, aber ich wohne nicht hier«, sagte Lena.

»Wenn jemand wirklich begabt ist, gibt es immer eine Lösung«, sagte der Junge. »Du *musst* einfach in einen Verein eintreten. Wir gehen jetzt nach Hause. Erkundige dich ruhig beim Empfang. Sag, dass Coen dich geschickt hat.«

Lena schien es mit einem Mal keinen Spaß mehr zu machen. »Ich kann nicht mal in einen Verein gehen. Und zu Hause müsste ich weit fahren.«

»Wo zu Hause?«, fragte Jojo.

Jojo sah, dass Lena wütend wurde. »Wo zu Hause? Wo zu Hause? Wer fragt denn so was, du dummer Stomper.«

Einen Augenblick verstand Jojo nicht, was sie meinte. Dann wurde er genauso wütend. »Stümper heißt das, du dummes ausländisches Mädchen. Stümper, Stümper, Stümper!«

Sie standen da und sahen sich an. »Dann eben Stümper«, sagte sie wieder ruhig.

»Ich wünschte, du würdest in dein Land reisen, wo alles so toll ist«, sagte Jojo.

Lena drehte sich um und rannte zum Sprungturm.

»Das hab ich nicht so gemeint«, schrie Jojo. Aber sie tat, als hätte sie ihn nicht gehört. Sie stieg die Treppe hoch und blieb auf dem Sprungbrett stehen.

»Ich hab's nicht so gemeint«, schrie Jojo noch einmal.

»Er hat es nicht so gemeint«, brüllte Simon. »Blödmann«, sagte er zu Jojo.

Lena breitete die Arme aus und schrie. Dann verschränkte sie die Arme vor der Brust und stürzte sich hinunter.

Es sah so ähnlich aus wie ein Dünensprung, doch sie machte es nicht richtig. Kurz nach dem Absprung schabten ihre Knie am Rand des Sprungbretts entlang.

Jojo und Simon sprangen beide gleichzeitig ins Wasser.

Lenas Knie waren stark aufgeschürft, und sie hatte sich den Wadenmuskel gezerrt.

»Zum Glück war es nicht dein Kopf«, sagte Simon.

Lena biss die Zähne zusammen. Als ihre Knie verarztet wurden, durfte Simon ihre Hand halten. Jojo saß unglücklich daneben. Lena tat, als wäre er Luft, und Simon war sauer auf ihn, das konnte Jojo sehen.

Auf dem Heimweg war es still im Auto.

Lena war stolz auf ihre aufgeschürften Knie. Sie zeigte sie gleich Jojos Mutter. »Jetzt weiß ich, was ich will«, sagte sie. »Springen, aber ins Wasser, und zwar richtiges Kunstspringen.«

Zu Jojo sagte sie nichts.

Dann eben nicht, dachte Jojo.

Simon redete sich den Mund fusselig, doch es gelang ihm nicht, Jojo und Lena wieder auszusöhnen. Schließlich sagte er: »Ich geh nach Hause, macht doch, was ihr wollt.«

Jojos Eltern merkten gleich, dass sie sich gestritten hatten, und sein Vater rief Jojo kurz zu sich in die Küche.

»Jetzt söhne dich doch wieder mit ihr aus, mein Junge!«, sagte er.

»Soll sie das doch machen.«

»Du weißt nicht, wie viel Zeit dir noch bleibt.« Sein Vater seufzte: »Ich wünschte, es wäre nicht so. Aber mach's jetzt, bitte.«

Jojo ging ins Wohnzimmer. Lena saß auf dem Sofa, las und sah nicht zu ihm auf.

»Ich wollte ...«, begann Jojo, doch da klingelte das Telefon.

Er nahm ab und hörte Weinen am anderen Ende der Leitung. Es war Lenas Mutter. Schweigend gab er Lena den Hörer. Er wagte es fast nicht zu atmen.

Lena sprach aufgeregt in ihrer eigenen Sprache. Kurze Zeit später ließ sie den Hörer sinken, beugte sich vornüber und steckte den Kopf zwischen die Knie. Sie weinte leise.

Ihr Herz liegt in hunderttausend Stücken auf unserem Teppich. Jojo sah es förmlich vor sich.

»Lena«, sagte Jojos Mutter, und Jojo hörte, dass sie auch fast weinen musste. Sein Vater fluchte und sagte: »Das darf doch wohl nicht wahr sein.«

Plötzlich stand Lena auf. »Ich muss was sehen«, sagte sie. Bevor irgendeiner von ihnen etwas sagen oder tun konnte, war sie aus dem Raum gegangen, und kurze Zeit später hörten sie die Eingangstür zuschlagen. Sie gingen ihr hinterher, doch Lena war verschwunden. Die Straßenlampen beleuchteten eine dunkle Straße.

»Ab ins Auto«, befahl Jojos Mutter. Sie fuhren in der ganzen Nachbarschaft herum, konnten sie jedoch nicht finden.

»Wäre es nicht besser, zur Polizei zu gehen?«, fragte Jojos Vater.

»Kommt nicht infrage! Dann behalten sie sie gleich da!« Die Wolfsmutter war wieder da, diesmal aber für ein anderes Kind.

Sie fuhren wieder nach Hause. Als sie hereinkamen, hörten sie das Telefon klingeln. Jojo nahm ab. »Lena?«

»Ja, was ist mit ihr?« Es war Simon. »Sie stand auf einmal vor meiner Nase und fragte, ob sie sich das Fahrrad meiner Mutter ausleihen könnte, weil das von deiner Mutter kaputt ist. Sie hat gesagt, dass sie die Niederlande sehen will. Was ist nur mit ihr los?«

»Später«, sagte Jojo, und zu seinen Eltern sagte er: »Jetzt weiß ich, wo sie ist. Sie ist auf dem Dach von Backstein-Bart.«

Das Grundstück von Backstein-Bart war erleuchtet, und richtig, oben auf dem Dach saß ein Mädchen.

»Wir sind da!«, schrie Jojo. »Nicht springen, Lena!«

»Ich wusste noch, wo es ist«, rief sie zurück. »Ich habe einen guten Orientierungssinn. Es ist hier nie richtig dunkel. Aber mir ist ein bisschen kalt, ich habe vergessen, meinen Mantel anzuziehen.«

»Komm bitte runter«, sagte Jojos Mutter, und Jojos Vater begann die Leiter hochzusteigen.

»Ihr braucht keine Angst zu haben, ich schaue nur«, hörten sie sie sagen. »Ich musste mir unbedingt mein neues Land ansehen.«

Sehr viel später – das schnell improvisierte Fest war vorbei, und Bob und Simon waren längst wieder nach Hause gegangen – sagte Lena zu Jojo: »Aber ich will trotzdem irgendwann Kunstspringen lernen, damit ich bei Olympischen Spielen mitmachen kann.«

Jojo ließ sich die Gelegenheit nicht entgehen. »Für die Niederlande«, sagte er.

Ein ganz kleines Lächeln legte sich auf Lenas Gesicht. »Du bist kein Stümper«, sagte sie dann. »Ist das wirklich ein schlimmes Wort?«

»Ziemlich«, sagte Jojo.

»Das tut mir leid«, sagte Lena.

»Mir auch«, sagte Jojo. »Vertragen wir uns jetzt wieder?«

»Natürlich«, sagte Lena.

»Für immer?«, fragte Jojo.

Sie nickte. »Und danach. So sagen wir immer.«

Lena war todmüde von der ganzen Aufregung und Freude, und sie schlief sofort ein. Jojo blieb wach. »Hört her«, flüsterte er, »du, Herr S, und dein ekliger Sohn. Ihr seid vorläufig ausgeschaltet. Die Firma ist bankrott.«

Keine Antwort. Es blieb still.

»Eine zutiefst wahrhafte, witzige und warmherzige Geschichte.«

Sybil Gräfin Schönfeldt, Süddeutsche Zeitung

Aus dem Englischen von Birgitt Kollmann
200 Seiten. Klappenbroschur. Ab 11

Sam ist elf und hat Leukämie. So erschüttert seine Umwelt reagiert, so tapfer geht Sam damit um. Er nutzt die verbleibende Zeit und schreibt ein Tagebuch über die Fragen, die er noch hat: zu Ufos, Horrorfilmen und Mädchen – aber vor allem die Fragen, die ihm keiner beantwortet: »Wieso lässt Gott Kinder krank werden? Tut Sterben weh?« Nicht nur seine Erkenntnisse, sondern auch seine Wünsche hält er in zahlreichen Listen fest, zum Beispiel: in einem Luftschiff fahren, einen Weltrekord aufstellen und Teenager sein – das heißt für Sam: rauchen, trinken, eine Freundin haben. Mit seinem Freund Felix gelingt es ihm, diese Liste auf höchst originelle Weise abzuarbeiten.

www.hanser.de
HANSER

dtv
Reihe Hanser

Lionboy

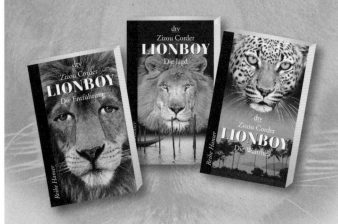

Charlies Eltern wurden entführt.
Sechs stolze Raubkatzen helfen ihm bei
der abenteuerlichen Suche nach ihnen.

Lionboy – Die Entführung
ISBN 978-3-423-**62263**-9

Lionboy – Die Jagd
ISBN 978-3-423-**62285**-1

Lionboy – Die Wahrheit
ISBN 978-3-423-**62306**-3

Übersetzt von Sophie Zeitz • Ab 10

Ute Wegmann
Weit weg … nach Hause

ISBN 978-3-423-**62299**-8

Wenn ihre Familie nicht so anstrengend wäre und sie endlich eine Freundin finden würde, wäre das Leben für Luisa schön. Das Leben ist aber nicht schön. Und als sie mit auf die gefürchtete Klassenreise soll, geht Luisa auf Reisen, aber nicht ins Schullandheim, sondern als blinder Passagier eines Lastkahns auf dem Rhein zu ihrer geliebten Tante. Es wird sie zu Hause sowieso keiner vermissen, denkt Luisa. Aber da hat sie sich mächtig getäuscht. Und wie sehr sie selber ihre Familie vermisst, wird ihr erst im kalten dunklen Bauch des Schiffes klar. Gott sei Dank ist es noch nicht zu spät …